中华先锋人物
故事汇

程开甲

隐姓埋名的"核司令"

CHENG KAIJIA
YINXING-MAIMING DE HESILING

马三枣 著

党建读物出版社　接力出版社

图书在版编目（CIP）数据

程开甲：隐姓埋名的"核司令"/ 马三枣著.—南宁：接力出版社；北京：党建读物出版社，2022.12
（中华人物故事汇. 中华先锋人物故事汇）
ISBN 978-7-5448-7898-2

Ⅰ.①程… Ⅱ.①马… Ⅲ.①传记小说－中国－当代 Ⅳ.①I247.5

中国版本图书馆CIP数据核字(2022)第162302号

程开甲——隐姓埋名的"核司令"
马三枣　著

责任编辑：李雅宁　李文雅
文字编辑：李海若
责任校对：阮　萍　王　蒙
装帧设计：严　冬　　美术编辑：高春雷
出版发行：党建读物出版社　接力出版社
地　　址：北京市西城区西长安街80号东楼（邮编：100815）
　　　　　广西南宁市园湖南路9号（邮编：530022）
网　　址：http://www.djcb71.com　http://www.jielibj.com
电　　话：010－65547970/7621
经　　销：新华书店
印　　刷：北京科信印刷有限公司
2022年12月第1版　　2022年12月第1次印刷
787毫米×1092毫米　32开本　4.75印张　65千字
印数：00 001—10 000册　定价：25.00元

本社版图书如有印装错误，我社负责调换（电话：010－65547970/7621）

目录

写给小读者的话 ……………… 1

观音弄 ………………………… 1

故事的魔力 …………………… 5

花开秀州 ……………………… 11

"童话号"巨轮 ………………… 17

"勃鲁托斯"演说 ……………… 23

"罢官" ………………………… 31

烽火七月 ……………………… 37

宜山泪 ………………………… 43

真正的"相对论" ……………… 49

在爱丁堡 · · · · · · · · · · · · · · · 57

举头望明月 · · · · · · · · · · · · · · 65

从零开始 · · · · · · · · · · · · · · · 75

秘密 · · · · · · · · · · · · · 81

白手起家 · · · · · · · · · · · · · · · 87

马兰花 · · · · · · · · · · · · · · · · 95

"邱小姐"即将登场 · · · · · · · · · · · 101

罗布泊升起蘑菇云 · · · · · · · · · · · 109

无名的小溪 · · · · · · · · · · · · · · 119

比一千个太阳还亮 · · · · · · · · · · · 125

一颗小种子 · · · · · · · · · · · · · · 131

写给小读者的话

亲爱的小读者，中国"核司令"的故事，要从"核"说起。

这里说的"核"，是核能，它是一种能源，就像煤炭、石油、天然气、太阳能一样，可以造福人类。二十世纪初，原子核物理学取得了突飞猛进的发展。德国科学家发现了铀裂变现象，掌握了分裂原子核的基本方法。几乎同时，许多国家的科学家先后验证了这一发现，开辟了利用核裂变产生新能源的广阔前景。

但是，历史上许多科学新发现首先被用于战争，核能源也不例外。

一九三九年九月，德国向波兰发动进攻，波兰的盟国英、法被迫对德宣战，第二次世界大战全面爆发。不久，美国总统罗斯福在华盛顿召开的泛美科学家大会上发表演说，鼓动科学家从纯科学研究转向为军事服务，他的演说鼓动了不少人。美国"氢弹之父"特勒说："我选择了科学家这个职业，我热爱科学；除了纯科学以外，我不情愿从事其他任何工作，因为我的兴趣就是搞科学。我不爱武器，我爱和平。但为了和平，我们需要武器……我要把自己献身于普通和平的事业。"

日本偷袭美国军事要塞珍珠港后，更坚定了美国加速研制原子弹的决心。美国汇聚了一批来自世界各国的一流科学家，他们共同协作，要赶在德国之前制造出原子弹。一九四五年夏，在美国南部的沙漠上，世界上第一颗原子弹爆炸的威力震撼了全球。当年的八月六日和九日，美国先后在日本广岛和长崎各投下一颗原子弹，加速了第二次世界大战的结束。

迄今为止，核武器是杀伤力和破坏力最强的军事武器。美国有了核武器，在国际舞台上的态度变得强横起来。

一九五〇年六月,美帝国主义悍然入侵朝鲜,并将战火一路烧到了中国的家门口,党中央发出了"抗美援朝,保家卫国"的战斗号令。中国人民志愿军奔赴朝鲜战场,同朝鲜人民军并肩作战,把敌人赶到了清川江以南,使美国妄图快速占领朝鲜全境的计划成为泡影。随后美军制定了在朝鲜半岛使用新型核弹的具体方案,还扬言要用核武器进攻中国。

当时新中国刚成立不久,面对核威胁,中国人民深刻认识到:拥有自己的核力量,才是保障国家安全的唯一出路。为了尽快打破大国核垄断,保卫国家安全,党中央做出研制"两弹一星"的战略决策。

"两弹一星"是指核弹、导弹和人造卫星。那时候,我们国家还十分困难,在中央政治局的一次扩大会议上,毛泽东主席风趣地说:"有人问我,造飞机、造大炮、搞原子弹、搞导弹的钱从哪里来,我告诉他在这里。"他站起身,拍了拍自己的腰,"钱在这里,但不是口袋,是裤腰带!"他的意思是勒紧裤腰带过苦日子,省出钱来搞尖端武器。之后成立了国防部第五研究院，这是我国第一个导弹研究机构，院长由科学家钱学森担任，在全国大专院校陆续挑选了几十位专家，组成了中国核武器研究的基本科研力量。程开甲就是这支科研队伍里的一员，他建立并发展了中国核爆炸理论，参与起草了首次核试验测试的总体方案。

一九六四年十月十六日十五时，在人迹罕至的罗布泊，巨大的蘑菇云腾空而起，中国第一颗原子弹爆炸成功。从这一天起，中华儿女扬眉吐气，世界重新认识了中国！

从一九六三年踏入"死亡之海"罗布泊，到一九八四年离开，程开甲一直生活在核试验基地。这二十多年里，面对恶劣环境，为开创核武器研究和核试验事业，程开甲倾注了全部的心血、才智和勇气。"不入虎穴，焉得虎子。"首次地下核爆炸成功后，为了拿到第一手数据，他细心防护，甘冒风险，带领工作人员在直径只有八十厘米的小管洞中匍匐爬行，进入爆炸形成的一个巨大空间，顶着高温，观察测试，获取了来自爆心的宝贵数据。程开甲一片赤诚、一生奉献，是我国指挥核试验次数最多的科学家，被人们称为"核司令"。

程开甲爷爷是位老寿星，活了一百零一岁。回望百年人生，他自豪地说："我这辈子最大的幸福，就是自己所做的一切，都和祖国紧紧地联系在一起。"他的一生，既有生命的长度，又绽放出了人生的异彩。他曾经获得多项国家级荣誉："两弹一星"功勋奖章、国家最高科学技术奖、"八一勋章"、"改革先锋"称号、"人民科学家"国家荣誉称号。

是怎样的人生经历，让他拥有如此沉甸甸的荣誉呢？

亲爱的小读者，中国"核司令"程开甲的故事，将为你揭开荣誉背后的秘密……

观音弄

小时候,程开甲聪明,却很顽皮。上小学了,他还整天玩,考试成绩落在后边,大人对他直摇头。

程开甲二年级留级,连留三年,同学都管他叫"年年老板"。他表面嘻嘻哈哈,满不在乎,心里却在流泪。母亲是个潦倒书生的女儿,十几岁嫁到江苏吴江盛泽镇的程家,又是二房,很受歧视。一九二五年,程开甲七岁,父亲去世。不久,母亲无奈地离开了程家。临行前,母亲给他洗了个澡,含着眼泪,抚摸着亲生骨肉。

母亲走了,家里人对小开甲很冷淡,用人被他惹急了,也骂他是个没人管的孩子。他想念母亲,常常躲在角落里，有时像木头一样沉默，有时却像孙大圣，淘得无法无天。

有一回富家子弟欺负同学，他出手相助，被老师遇到，以为他也参与了打架，批评了他，还通知了家长。小开甲越想越生气，他偷拿了家里的钱，独自一人去了上海。玩得差不多了，钱也花光了，他就找到上海二姐家，二姐把他送回了盛泽镇。

大妈命他跪在父亲遗像前，将他狠狠地教训了一顿。

五姐比他大十岁，拉着他的手，说："开甲，这么下去，怎么对得起列祖列宗？你是程家唯一的男孩，将来是家里的顶梁柱啊！"

程开甲低着头，不吭声。

五姐是观音弄小学的教师，帮他转学到了那里。

太阳刚露头，五姐就叫他起床，督促他洗漱、吃饭，带他去学校，放学了就一起回家。如果五姐有事，就让他在办公室等着。五姐的看管，仿佛给他套上了紧箍咒，同时，也让他感受到了亲人的关爱。渐渐地，小开甲变得听话了，能专注地坐在书桌前了。

一天傍晚，五姐找学生谈话，久久未归。开甲看看静悄悄的走廊，又望向夕阳里的校园。檐前那棵桂花树清香扑鼻，他想，五姐回来口渴，我给她沏一杯桂花茶吧。他来到树下。那棵树好高好大，他个子小够不着，只好往树上爬，伸手刚要采桂花，只听见五姐一声吼："开甲，又淘气！"

他赶紧说明缘由，五姐却不领情。

"学习怎么能不专心呢！"五姐很严厉。

开甲还想辩解，五姐已经瞪起了眼睛。

"战国时期的苏秦受人嘲笑，但他发愤读书，有时候读到半夜，又累又困，他就用锥子扎自己的大腿，很疼，但精神却来了，他就接着读下去。汉朝的孙敬读书通宵达旦，邻里都管他叫'闭户先生'。晚上念书，他把头发拴到房梁上，一打瞌睡，揪得头皮疼，他就清醒了。头悬梁，锥刺股，你做得到吗？"

这老掉牙的故事，他已经听腻了。哼，什么五姐，只会误解人！程开甲委屈极了，抓起桌上的剪刀,也要扎大腿,扎给"误解"看。

五姐慌忙去夺……

窗外,桂花树上的喜鹊喳喳叫着,扑棱一下惊飞了。

故事的魔力

"哎呀,姐弟俩怎么吵起来了?"办公室外传来校长的声音。

姐弟俩赶忙住了手。

校长简晓峰从复旦大学历史系毕业,回乡接替父亲的校长职务,大力推广自主、自动、自学、自助的"四自"教育法。程开甲很喜欢这位校长。

问明吵闹的原因,简校长笑着说:"开甲,我也给你讲个故事吧。"

观音弄小学的孩子都爱听校长讲故事,小开甲点点头。

简校长讲的是宋代的事——

炎炎夏日,大学问家朱熹先生带领几个学生走在路上。路旁有一株桑树，枝头缀满了紫得发亮的桑果，朱熹先生站在树下，手却够不着果子。他微微一笑，问道："看，桑果熟透了，谁能不用梯子、凳子，也不用爬树，就能摘到干净的桑果？"学生们有的想用石头砸，有的说用棒子打。这时，有个年纪最小的学生解下身上细长的裤腰带，带子一头系上石块，昂首往桑树高处一抛，一根桑枝被裤腰带缠住了，他轻轻往下一拉，桑枝就乖乖地弯了下来，满枝桑果任君采摘。

"爬树多危险啊！"校长摸了摸程开甲的脑袋瓜儿，"姐姐教育你，是心疼你。"

程开甲瞅瞅五姐，有点不好意思了。

"孩子，遇事多动脑筋，以后才能做个大人物。"校长接着说，"那个聪明的学生，名叫杨与立，后来成了著名的儒家学者。"

"杨与立？有点像我呢。"程开甲拉住校长的手，"还有他的故事吗？"

"有啊！大人物的故事永远讲不完。"

五姐给简校长拉过一把椅子，请他坐下讲。

于是，故事又开始了——

一行人吃着桑果朝前走,见到两只山羊在顶角打架,你进我退,你退我进,互不相让。朱熹先生问:"两只羊斗得这么起劲儿,谁能一个人去把它俩分开?"一个大块头的学生走过去,站在这两只羊中间,不慌不忙,扎稳马步,徒手将两只羊推开。谁知,刚推开这只,那一只又顶上来,真是难解难分。杨与立挠挠脑袋,眼珠一转,弯腰拔了两把嫩草,小跑到山羊身边,把草往羊嘴里送去。见到嫩草,山羊馋了,连忙扭头叼草,顾不上顶角了,两只羊自然就分开了。

程开甲听得咯咯笑。

简校长很认真地问:"知道自己的名字为什么叫'开甲'吗?"

"登科及第,金榜题名!"他对答如流。

祖父程敬斋在世的时候,早早为程家未来的长孙取名"开甲"。明清科举制度中,根据成绩高低,将考中进士的人分为一甲、二甲、三甲。"开甲"即"登科及第"之意。

"孩子,不要辜负祖辈的期望。"简校长拍拍他的肩,"虽然现在没有科举考试了,但是,只要

你在学习上肯动脑筋,就能成为优秀的学生,前途无量。"

程开甲记住了校长的话,集中心思,钻研功课,立志要成为"大人物"。

四年级时,由于"年年老板"的经历,程开甲在同学中年龄最大,他不好意思了,提出跳级申请。简校长看他成绩优异,数学和音乐成绩更是突出,批准了他的申请。于是,他跳过五年级,直升六年级。

多少年过去了,观音弄小学几易其名,现在,北校区更名为程开甲小学。走进校园,你会看到这样一座雕塑,简晓峰校长身穿长衫,笑容可掬,在给顽皮的小开甲讲大人物成才的故事呢。

花开秀州

小学毕业后,程开甲不负众望,考入浙江省嘉兴秀州中学。

校长顾惠人是中国现代教育史上出色的教育家,制定了"爱国、爱校、爱科学"的校训。学校注重全面教育,中西合璧,学生们除了学英文、数学、物理、化学,也学《易经》《孟子》《诗经》,还学种田、插秧。校园活动丰富多彩,演讲、辩论、歌咏、体育、戏剧,各种比赛一场接一场。

刚入学时,程开甲在走廊里发现个神奇的东西,可以和远方的人说话。

那天傍晚,他看见同学们在走廊里排队,缓缓向前移动,便好奇地走过去,发现最前边的同学手持话筒，自言自语。仔细一听，他明白了，那个同学在和家里的妈妈说话。自打升入中学，他还没回过家，很想和大妈、五姐说说话。

他兴冲冲地排在队伍后边。

终于轮到他了，他上前一步，抓起话筒就喊了一声"妈"。话筒里没有声音，他又喊了一声"妈"。

身后的同学问："你拨号了吗？"

"什么号？"

"电话号啊！"

"什么是电话号？"

"你家有电话吗？"

他摇摇头。

同学们都笑了。

"你这个傻瓜！"那个同学夺过话筒，拨起自己家的电话号来。

程开甲呆立着，涨红了脸。

同学们没想到，看起来傻头傻脑的程开甲，很快就成为令人佩服的优等生。

新来的数学老师姚广钧浓眉大眼，一袭长衫，乌黑的头发整齐地梳向脑后。

第一堂数学课,他走进教室,在黑板上写下了四个大字——"胆大心细"。

同学们疑惑地望着老师。

"一道数学题,当我们起手演算的时候,要有魄力,不要被它吓倒,但也不可草率,要细心思考,逐步推进。"姚老师转身在"胆"和"心"二字下做了标记,"有胆有识,必成大器!"

在小学时,程开甲的数学成绩总是名列前茅。他暗下决心,要让新老师见识一下他的"胆大心细"。

"同学们,数学是一种工具。"姚老师接着说,"我们必须熟练掌握,才能利用它披荆斩棘,攻克难题。"

姚老师很重视数学知识的记忆训练。他要求学生将圆周率背诵到小数点之后六十位,1至100的平方表也要背诵,数学公式更要烂熟于胸。许多学生皱起了眉头,嫌麻烦,这些东西都在书本上写着呢,需要时查一下不就得了?程开甲有一股钻劲儿,绝不偷懒,他牢记姚老师的教导,圆周率熟稔于心，平方表倒背如流，数学公式举一反三，甚至许多数学题的演算结果他也记在了心里。

扎实的基本功，在程开甲日后的学习和科研工作中起到了重要作用。数字的平方、立方和常用公式，他不查表、不翻书便可得知。遇到复杂的微积分演算，别人在纸上演算很久才能得出答案，程开甲呢，只要闭上眼睛，演算结果就自动跳出来，又快又准，如有神助。其实，哪有什么神，只不过是踏踏实实地用功，点点滴滴地积累，才孕育了奇迹。

一天课后，姚老师招呼程开甲来到他的宿舍。

"开甲，你的数学水平高于其他同学，很有前途。"姚老师笑眯眯地说，"课余时间，你到我这儿来，我给你加点营养餐。"

"谢谢老师，食堂饭菜很好，不用加营养餐了。"

姚老师从书架上抽出一本习题集，说："这就是我说的营养餐！"

书里都是程开甲没见过的难题，他领会了老师的意思。

程开甲本来就对数学感兴趣，有了姚老师的鼓励，更是动力十足。翻开课外习题集，他每道题都做，而且尽量采用多种方法解答。有一次，他想用平面几何的方法把一个角分成三等份，却怎么也得不出结果。他想请教姚老师，思来想去，还是决定等有点眉目再去请教。课余时间，他都在跟这道题较劲，鏖战几天几夜，仍然毫无头绪。

课堂上，姚老师发现他脸色苍白，眼圈发黑，便走到他身旁问："怎么了，有什么心事吗？"

他摆出了那道折磨人的难题。

姚老师笑了："这道题用直尺、圆规的办法做不出来，必须用群论才能完成。"

"什么叫群论？"

"它来源于数论、代数方程理论和几何学，别急，慢慢学。"

学习真像玩多米诺骨牌，新知识一个跟着一个，吸引着程开甲不断钻研。

姚老师是数学组的解题高手，老师们碰到难题，常来请教他。有了这种机会，他就把题拿给自己的"高徒"。有一次，程开甲真的解出了一道难题。姚老师高兴极了，把演算本带到办公室，说："你们瞧瞧，我的学生都比你们厉害啦！"有时候，他也会用程开甲解开的难题去考同事，结果经常把其他老师给难住。

秀州中学提倡学术民主，师生互助，有些老师主动和程开甲探讨问题，他的名气大起来，钻研的劲头儿也更足了。姚老师开玩笑，说他像头小倔驴，学习上有股子驴劲儿。是的，程开甲依靠执着的精神，迅速成长起来。

"童话号"巨轮

朝霞透过叶隙，射下一道道光柱，洒满寂静的校园。空气湿漉漉的，带着夜的气息，夹着草木的清香。这时候，思金堂前的草坪上，总能看到程开甲的身影，他黎明即起，先做晨读。起床钟响，同学们纷纷起床时，他的晨读已经结束，刚好跑去操场参加早操。要是赶上雨天，他就去健身房读书。

升入中学，男同学开始蓄发，梳西式头，早晨站在镜前梳洗打扮，花费很多时间，而程开甲却始终剃成平头。晚饭后至晚自习前的一段时间，同学们在散步、闲谈，程开甲已经在座位上埋头苦读了。晚上九点半宿舍熄灯，他就坐在楼梯口学习。廊道里的公用灯总是亮着的，他就一直学到子夜。

图书馆更是他的乐园。程家世代经商,据说他的祖父很能干,左手拨拉算盘子儿,右手写字,能左右开弓,可惜家里没有几本书。而现在,秀州中学图书馆向他敞开了知识的大门。程开甲常常想起小学听过的那些大人物的成才故事,他很喜欢阅读名人传记。伽利略、爱因斯坦、牛顿、法拉第、巴斯德、居里夫人、詹天佑等中外科学家的传记,他如饥似渴地捧读着,仿佛推开了一扇又一扇窗,看到了更广阔的世界。

程开甲回忆说:"是这些书,使我增加了知识,也增强了责任感和使命感。科学家追求真理、热爱祖国的精神感动教育了我,他们执着创新和不倦研究的品格也影响了我。比如,读了巴斯德的故事,我才知道食物为什么会变质。巴斯德发现了细菌,掌握了它的规律,利用它使法国的酿酒业发生了巨大变化。仅此一项科研成果,不仅使法国支付了当时战争失败的赔款,还使法国的酿酒业称雄于世。"

科学家的事迹深深地吸引着他,使他树立了当科学家的理想。

初中二年级，有段时间程开甲老是伏案画画。

"怎么，数学天才想做画家了？"有同学好奇地凑过来。

他微微一笑，又去画图了。

他画的是密密麻麻的齿轮、机件、管线。同学们哪里知道，他正在实施秘密计划，他要造一艘现代化的远洋巨轮。

故乡盛泽镇是江南水乡，水网密布，船是常见的交通工具，但大多是手摇的或是脚蹬的小木船。想当初，八国联军入侵中国，依靠的是坚船利炮。程开甲要设计一艘最厉害的大船，坚不可摧，任谁也别想欺负咱们！

为了造大船，程开甲查阅了图书馆里所有的相关资料，各种知识都用上，在笔记本里记下了许多好点子。一张图纸，改来改去，他常常想象着这艘船已经航行在大海上，乘风破浪，威风凛凛。想着想着，他便笑了。紧接着他又收住笑容，继续改进。这是兴奋与苦恼交织的日子。常言道"书到用时方恨少"，他拼尽了全力，仍然觉得学识不够。

一天晚上，姚老师正在批改作业，忽然传来了敲门声。

程开甲探进头来："姚老师，我……我有个发明。"

"好啊！"姚老师赶忙起身，"什么发明？"

"我设计了一艘大船！"程开甲把图纸摊开，"通过船的重量把海里的水压到船里面去，利用海水的冲击力带动发电机。发电机工作后，一面可以把船开动，另一面可以把船里的海水抽出去……"

姚老师听着讲解，端详着图纸，点了点头："不错，你的设计很全面，达到世界领先水平了。"

程开甲舒了一口气，问："老师，还有什么不足吗？"

"你的奇思妙想，让我这个做老师的都佩服啊！对你来说，这设计很完美了。"

"把图纸送到造船厂吧！"他兴奋极了。

姚老师捧起图纸，又仔细看了看，和他探讨起具体细节来。程开甲解答着，像个真正的工程师。

姚老师提醒他："开甲，搞发明要有科学依据，不能全凭想象。"

"爱因斯坦说过，想象力比知识更重要。"

姚老师摸了摸他的头:"想象力当然重要,是发明创造的前提,但是,落到图纸上,处处离不开科学。"

"科学是什么呀?"他双眉微皱。

姚老师想了想,给他讲了饲养场里的一件事。一群鸡发现主人上午九点钟来喂食。它们不是马上做出结论,而是慢慢观察,收集到了大量证据。无论雨天、晴天,天冷还是天热,从星期一到星期天,主人都是这个时间来喂食。这时候,这群鸡才得出了结论:九点钟开饭!

这件事和科学有什么关系呢?程开甲疑惑地看着老师。

"科学是通过大量观察和实验,反复证明,得出正确的理论。"姚老师解释道,"运用科学理论搞发明,对待每个细节都一丝不苟,才能让梦想变成现实。"

程开甲明白了,他的图中掺杂了太多的想象。

"别灰心,再动动脑筋!"姚老师鼓励他。

"再动动脑筋",这是姚老师常说的话,程开甲觉得好像离成功只有一步之遥了,姚老师在鼓励他再加把劲儿。靠着这股力量,他攻克了一道又一道数学难题。可是他知道,要造一艘远洋巨轮,绝不是"再动动脑筋"的事。他才十四岁,知识储备远远不足,他画在图纸上的,只是一艘"童话号"巨轮。

后来,程开甲在自传中写道:"老师对学生敢于想象、敢于发明之心,精心呵护、鼓励和引导,这对学生的成长很重要。我一辈子都没忘记姚老师那句'再动动脑筋'的话。"

程开甲收好图纸,脚踏实地学知识。

秀州中学,六年时光,新发明一次又一次浮现在他的脑海中。他按捺着激情,如海绵吸水一般,如饥似渴地吸收知识。他明白,知识是一张网,织得越牢,网住的鱼就越多越大。

"长风破浪会有时,直挂云帆济沧海。"总有一天,他会造出真正的大船!

"勃鲁托斯"演说

秀州中学由美国传教士与嘉兴开明绅士共同创办，有外籍教师。程开甲刚入学时，那些金发碧眼的老师就吸引了他。

望着这些外国人，他仿佛见到了自己崇拜的大科学家。他在心里给他们对号入座：这位花白胡子的是"观测天文学之父"伽利略，那位一头银色卷发的是"物理学之父"牛顿。啊，还有居里夫人！是那位金发飘飘的女教师……

程开甲立志成为科学家。当时他所了解的优秀科学家国外的居多，他想，学好了英语，就能和他们自由交流了。学校的外籍教师不是一味训练笔答，让学生学成"哑巴英语"，而是非常注重学生的口语和听读能力，这正合了程开甲的心意。英语课上，他听得格外专注。古人言："熟读唐诗三百首，不会作诗也会吟。"程开甲学数学，已经尝到了背诵的甜头，现在，他的倔劲儿又来了，发奋背诵全部的英语课文。背诵，加强了记忆，加深了理解，让他更自信了。

有一次，英语老师不在，校长代课。那时候，校长顾惠人正值而立之年，准备赴美国哥伦比亚大学专攻教育学，英语是他的强项。他喜欢和学生交流，可是他课堂提问，点到学生的名字，等待他的不是沉默，就是支支吾吾，不知所云。许多同学不好意思张嘴说英语，一开口就脸红。这时，程开甲主动举手，侃侃而谈。

顾校长望着这个留着平头的小个子学生，露出笑容："你叫什么名字？"

"程开甲。"

"好，好！"校长点着头，目光里满是赞许，"学校每年一次的英语背诵比赛，参与过吗？"

程开甲摇摇头。

"你的口语既流畅又准确，怎么不参赛呢？"

程开甲犹豫着，说出了心里话："学好英语不是为了争名次，我想搞发明，可是很多原理还弄不懂，我将来要用英语去请教外国的科学家。"

"参赛是为了锻炼自己，面对全校师生也能自如表达，你就无所畏惧了。"

又一次英语背诵比赛来临的时候，顾校长特意询问负责组织比赛的老师程开甲是否参赛了。果然，他的名字在名单上。

这一年，程开甲念初三了。没想到，他登上演讲台，面对黑压压的观众，就像被施了魔法一样，他的嘴巴变得僵硬了，背诵得滚瓜烂熟的内容忽然化作一团云雾，飘散了，怎么抓也抓不住。他像木桩似的立在台上，只说出开头三句，就卡壳了，冷汗布满额头。礼堂里安静极了，窗外鸟鸣声声，仿佛在催促他，又仿佛在嘲笑他。他深鞠一躬，逃下台去。

程开甲第一次品尝了失败的滋味。

他本是个活泼的孩子，喜欢打篮球，是篮球队的后卫。他个子不高，但两臂坚实有力，抢篮板球技术熟练。那些日子，欢腾的球场上没有了他的身影。遇到顾校长，他抬不起头。顾校长主动打招呼，对他说："别灰心，上天是为了磨炼我们的意志，才在我们的道路上设下重重障碍。"姚广钧老师也鼓励他："没关系，看以后的！"

他不是因为丢了面子就消沉，而是觉得对不起校长和老师的期望。论水平，他胜券在握，但缺少实践经验。他想起顾校长说过，参赛是为了锻炼自己。失败了，可能会悲伤，但如果不去挑战，注定要失败。高处没有那么难以抵达，关键是不可缺少决心和自信。

清晨的校园，群鸟鸣唱，程开甲在大树下背诵英语课文，有人走过，他不羞怯，声音依然洪亮。

第二年，程开甲升入高中，再次参赛，一举夺得全校英文背诵大赛第一名。

高三的时候，浙江省四所教会学校联合举办英语演说竞赛，经过层层选拔，程开甲代表学校参赛。

这次比赛是教学水平的大比武，学校十分重视。辅导老师是老校长窦维思的夫人，她是美国人，说话和风细雨，教学异常严谨，学生们亲切地称她"窦师母"。她让程开甲准备了好几篇讲稿，一篇一篇背诵，最后选中了莎士比亚戏剧《裘力斯·恺撒》中的角色勃鲁托斯的一段著名的演说。

莎士比亚的戏剧作品里有浪漫主义的想象、扣人心弦的情节，更有对正义的颂扬，窦师母深爱莎翁戏剧。她帮助程开甲分析人物，走进勃鲁托斯的内心世界，一遍又一遍倾听他背诵，纠正每一个发音，指导他如何运用肢体语言表达情感。经窦师母启发，这段演说一直镌刻在程开甲心里。直到人生暮年，他还能背诵出来，仍然那样声情并茂，神采飞扬。

竞赛那天，程开甲登台了，他信心百倍。他把全部情感融入角色，在他眼里，台下的观众都是罗马人。他的语速语调、举手投足，仿佛勃鲁托斯就站在大家面前一样。这段激情演说，赢得了热烈的掌声，取得了第一名的好成绩。这次教学大比武，秀州中学声名大震，不仅英语演讲第一名，中文演讲和作文这两项也获得了第一名的好成绩。

赛场外，阳光明媚，照得程开甲心里亮堂堂的。

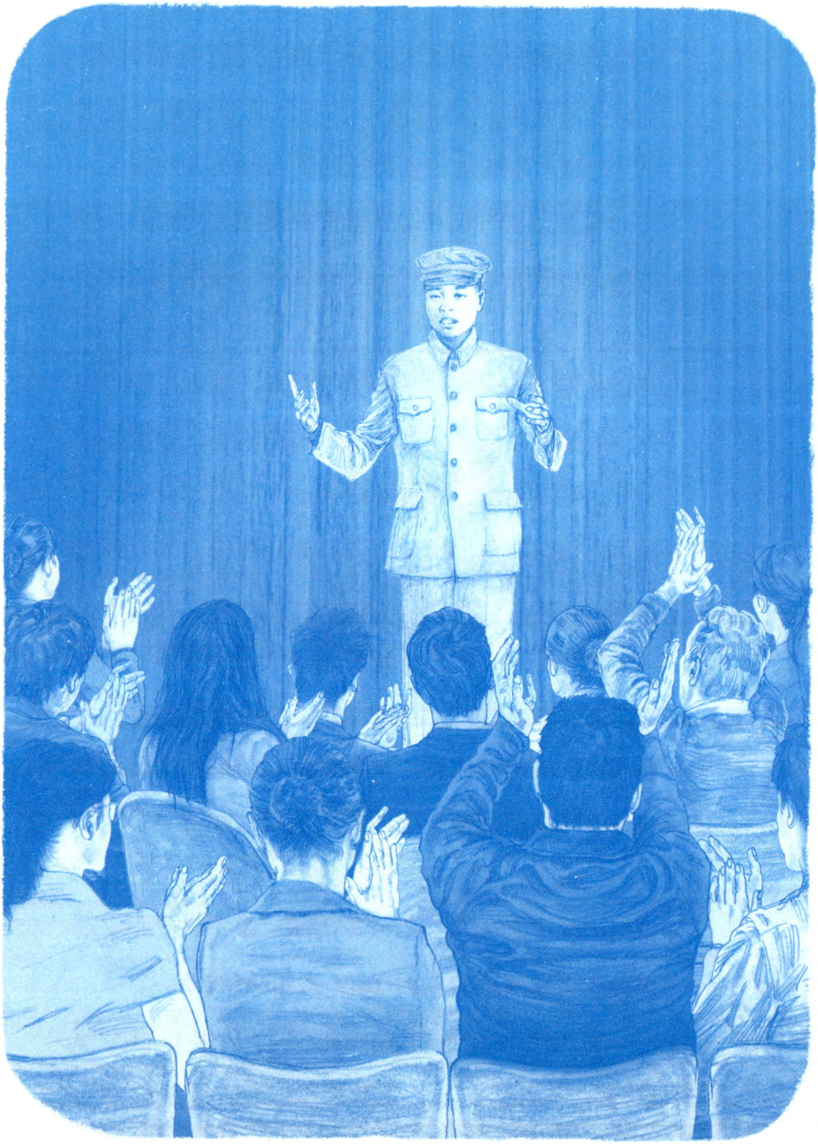

朝着自己的目标努力是"志",中途绝不停止是"气",两者结合,就是"志气",一切成败都取决于此。

"罢官"

"程开甲的数学好,稳重细心,他当膳食委员会主任,肯定没问题!"

一个同学提议,大家异口同声地说:"同意!""同意!"……

学校食堂采用招标的方式,由私人老板经营,允许老板获取合理的利润。但是,多少利润才算合理呢?于是,由住校生成立了一个管理学校伙食的组织,负责监督伙食质量和食品卫生,叫作"膳食委员会"。在一次会议上,高二年级的程开甲被推选为主任。同学们这么信任他,他当场表态,一定会认真履职,做好监督,让同学们吃得放心。

程开甲上任后,列出了值班表,每天向食堂派出两名监厨，高中生一名，初中生一名。监厨一大早就要去食堂监督厨工称米、称油、称菜，看着他们下锅烧饭，以防偷工减料。

监厨看似挺威风，却要耽误大量时间，有些同学并不愿意做。

有一天，初中监厨急匆匆来找程开甲："另一名监厨没来，怎么办？"

程开甲赶忙到高中部找人。

那名同学为难地说："上午有考试……"

"好吧，以后要提前说，和别人换班，不能空岗。"

无论如何，不能耽误食堂做饭，程开甲只好亲自上阵。类似的事，每个月总要出现好几次，弄得他焦头烂额。

其实，作为膳食委员会主任，程开甲的任务更重：要和老板算出一天的主食、副食用量，样样都要算清。饭菜出现质量问题，他要与老板交涉，罚老板第二天每桌加一道菜。

老板已过不惑之年，身材微胖，白里透红的脸颊闪着油光，总是笑呵呵地管程开甲叫"小老板"。

"小老板,今天有什么吩咐啊?"

程开甲翻开伙食管理本,一丝不苟地计算用量和利润。

临走时,老板递上一口袋大枣:"小老板,新疆的朋友寄来的,你拿去补养补养身体。"

"同学们都需要补一补,"程开甲婉言谢绝,"这袋大枣算一道加菜吧。"

为了集体利益,他始终与老板保持着距离,不贪不占,尽职尽责,但是,他毕竟是一个学生,除了阿拉伯数字、数学公式、英文符号,头脑里可没那么多弯弯绕,精明的老板总能在他眼皮底下钻空子。隔三岔五,就有学生反映伙食的质量问题或价格问题,搞得程开甲心急如焚。

多年来,程开甲心如止水,专注学习。第一次"当官",这副担子像块巨石,投入他平静的心海,激起千层浪。结果《诗经》考试,程开甲竟然不及格。一边是学习任务,一边是监厨责任,生活的天平摇摆不定,他陷入了深深的苦恼,但仍然积极履行职责。

分管这件事的校领导是训导主任俞沧泉,他关切地问程开甲："有什么困难吗？"

程开甲摇摇头。

"每个人都各有所长，不要勉强自己。"俞老师含蓄地提醒他。

终于有一天，因为对食堂饭菜不满意，高年级学生联合起来，在一次会议上，要罢了程开甲的官。

程开甲低着头，内心五味杂陈。为了保证伙食的质量，他付出了太多精力，可是，监厨不像解数学题那么单纯。食材的质量和价格，这里面学问很大，他根本摸不清门儿，只能吃哑巴亏。面对同学们的批评，他连连道歉。

俞沧泉老师站起身，会场安静下来。

"同学们，成立膳食委员会，除了监督伙食质量和食品卫生，也是为了让同学们得到锻炼。程开甲很优秀，当初是大家一致推举的他当膳食委员会主任，他在这件事上很用心，学习成绩都下降了。现在出现了问题，是经验不足造成的，你们毕竟是孩子，要慢慢成长。"

同学们的情绪平复了一些。

会后，俞沧泉老师把程开甲叫到办公室，促膝谈心。他拿过一份报纸，让程开甲看一幅画。那是一位很有名气的画家的作品，画的是一个人牵了几只羊，每只羊的脖子上都系着一根绳子。

"昨天有个校工告诉我，这幅画有错误，放羊只要牵住一只头羊就行了，羊群会跟着走的。你看，大画家也有他的短处，他肯定没放过羊。人生的道路上，懂得扬其所长、避其所短，才会走向成功。"俞老师拍拍程开甲的肩膀，"孩子，柴米油盐酱醋茶，不是你擅长的，你就辞去这个'官'吧，专心学习，将来你会取得大成就的！"

俞老师的话，像一把金钥匙，悄悄开启了他心中的锁。

"辞官"后，他没有失落，反而更清醒地认准了自己的人生目标。程开甲说过："求学问，学做人，中学时期是关键，我有幸在一个比较完美的环境中成长。"秀州中学是一所培养了包括数学家陈省身、物理学家李政道等十多位院士的学校，程开甲在这里接受了六年中西合璧的教育，得到了那么多老师的培养，为他的未来打下了坚实的基础。

秀州中学举办百年校庆时，校友捐资，在校园里建造了一座顾惠人校长的铜像，程开甲为铜像题了字。揭幕那天，他因病没能参加仪式。出院后，他第一时间回到了母校。那天，阳光很好，铜像熠熠生辉，八十多岁的老院士面对着铜像深深地鞠了一躬，他久久地注视着铜像，仿佛穿越时空，与老校长默默对话。

烽火七月

一九三七年七月七日夜，日军在卢沟桥附近借军事演习之名，向中国驻军寻衅，并以一名士兵失踪为借口，要求进入宛平县城搜查。这一无理要求被中国驻军严词拒绝。日军随即发动攻击，中国驻军奋起抵抗，卢沟桥事变爆发，标志着中国全民族抗战的开始。

那个盛夏，痛苦与憧憬同在。

程开甲和同学们即将毕业，带着对未来的憧憬，准备报考大学。卢沟桥事变爆发，炮声隆隆，打破了学子们内心的宁静。面对外敌侵略，许多青年放弃学业，投入保家卫国的抗日战争。

同学来约程开甲："咱们一起去消灭侵略

者吧！"

"侵略者当然可恨，"程开甲撂下书本，"但是，你想过吗，为什么敌人敢来侵犯我们？"

"欺负我们软弱！"

"近百年的历史已经证明，落后是中国挨打的根源。我们缺的是先进武器，如果武器精良，就能以一当百。"

从那时起，"科学救国"的信念便在程开甲心中生根发芽。要救国，先得有本事；要学本事，就得有文化。他咬紧牙关，尽量不被干扰，专心致志，准备应考。

他报考了两所大学，上海交通大学和浙江大学。考场设在上海的外国租界。看着耀武扬威的外国巡捕，程开甲心里很不是滋味，拳头攥得紧紧的。

夏日炎炎，蝉鸣声声，两份录取通知书先后送到程开甲手里。浙江大学的通知书，注明了"公费生"三个字。公费生是浙江大学给予优秀考生的奖励，每学期可以从学校领取一百元资助。按当时的消费水平，这笔钱可以满足基本的生活花销，不用给家里增添经济负担了。程开甲选择了去浙江大学。

暑热渐散，秋风掠过景色宜人的杭州西湖。程开甲穿上大学校服，成为浙江大学物理系的一名新生。

浙江大学群贤荟萃，大师如林。校长竺可桢是我国地理学和气象学的奠基人，物理系更是汇聚了束星北、王淦昌、张绍忠等留学归来、造诣深厚的教授。入学第一周，程开甲深入了解了每位教授的学术背景和研究成果，以便确定自己追随的目标。他兴奋地发现，自己又一次得到了命运之神的眷顾，物理系是浙江大学的王牌军，有多位学界一流的教授。

然而，喜悦的日子没有持续多久，战火已经蔓延到上海周边，日本飞机时常空袭上海、南京、杭州的铁路沿线地区，弄得人心惶惶。

开学仅十天，大一新生便接到紧急通知，由杭州市区转移到西天目山的禅源寺。西天目山有"大树王国"之称，古杉、古松、古枫、古银杏，原生古树比比皆是，金钱松的高度居全国之冠，最高者有六十余米，又叫"冲天树"。这里素有"大树华盖闻九州"的美誉，植被覆盖率达百分之九十五以上。禅源寺位于西天目山南麓的昭明、旭日两峰之下，掩映在青山绿树之中，独特的环境，起到了天然的保护作用。鸟鸣声声，山泉淙淙，深吸几口含有草木清香的空气，程开甲心想：如果没有日寇入侵，在这美好的家园里追随大师的脚步，安心学习，该多么幸福啊！

教室是一间禅堂。叮当叮当，檐角的铜铃铛在风中晃动。听说，一位物理系教授要来看望新生，同学们静静地期待着。这位教授很年轻，身材魁梧，他走进教室，问了声"同学们好"，声音那么洪亮。他笑呵呵地从手提包里掏出一个小天平，摆在桌上，天平两端上下摆动。等天平稳住了，他轻轻一碰，天平又一上一下摆动起来。

同学们像看魔术表演似的，不知教授的葫芦里卖的什么药。

"天平两端上下摆动，这是什么道理？"教授忽然发问。

同学们回答不出来。

"因为天平的重心在底下。"教授认真地说，"同学们，学物理的要诀很简单，那就是懂得道理，弄清原理。"

这位教授就是束星北先生，他不仅是卓越的物理学家，还是杰出的教育家。他讲课不用讲义，板书很少，但总是深入浅出，用形象生动的方法剖析物理定义的本质。据说，留学期间，他还给爱因斯坦做过助手呢。初次见面，程开甲就对束先生充满了敬佩。

禅源寺也不是世外桃源，他们在这里只安静地学习了一个多月，之后上海沦陷，杭州告急。从此，浙江大学变成了"流亡大学"，浙江建德，江西吉安、泰和，广西宜山，贵州遵义、湄潭，随着日寇步步逼近，浙江大学搬迁了六个地方，有时落脚不到半个月就得转移。

浙江大学西迁，行程长达两千六百多公里，被誉为"文军长征"。一路上，这支队伍播撒着科学文化的种子，弘扬了中华民族不可战胜的精神。

宜山泪

　　读书人视图书、教具如同珍宝。这次西迁，人员多，要搬的东西也多，图书、仪器等有两千多箱，重达两百多吨。大家轻拿轻放，仔细捆绑，一根教鞭、一把尺子、一本杂志都舍不得丢弃。为确保运输安全，学校选择沿赣闽水路入桂的路线，指派专人押运，还在赣州、大庾、南雄、曲江、茶陵、衡阳、桂林等地设运输站，负责车船调度。

　　船队行至广西，两岸青山叠翠，鸟语花香，好似进入了水墨画卷。负责押运的师生望着连绵不绝的美景，百感交集。祖国山川如画，要是没有日寇入侵，他们哪会背井离乡，像惊弓之鸟似的没安身之地呢？

突然，一艘日本军舰耀武扬威，迎面而来。船队慌忙避让，军舰上的日本兵厉声喊话，要检查证件，巨大的军舰紧逼过来，江面涌起大浪。船队都是木船，压满物资，吃水很深，在浪里摇摆不定，捆绑在顶部的几只箱子不慎落水。几名师生一跃跳入汹涌的江水，死死抓住绳索，不叫箱子漂走。船工伸出铁钩，费了好大劲才把箱子拽了上来。一番盘问过后，日本兵挥挥手，总算放过了他们。

船队靠岸，师生们发现落水的箱子是物理系的，其中就有程开甲的行李。他顾不得自己的东西，和同学们一起清点教具和书籍。打开箱子一看，许多书本遭到浸泡，纸张破损，字迹也模糊不清了。爱书如命的程开甲捧着一团糨糊似的图书，心在颤抖，泪水模糊了视线。

颠沛流离的日子里，这是他第一次流泪。

面对艰苦条件，他撑住了，没掉一滴眼泪，可是，书是他的命根子，没了书，学什么！他和同学们一起动手，把浸水的书籍一本一本晒干，一页一页修补，将损失减到最小。

一九三九年初，浙江大学迁抵广西柳州北部的宜山。县城不大，周围山峦起伏，雾气飘飘，看似一个神仙的居所，实际却是个"宜山宜水不宜人"的地方。瘴疠是南方湿热地带的流行病，当年，诸葛亮率领大军南征，要擒拿孟获，却被孟获引入山岭之中，山上毒蛇出没，瘴气弥漫，许多蜀国士兵感染瘟疫，情况危急。浙江大学选址在龙江对岸的山上，地势开阔，日照充足，避开了瘴气。这里原来是本地的工读学校，战事爆发，校舍都废弃了。

没想到，这么偏僻的山区，敌人也不放过，三天两头就有敌机掠过头顶。学校开展了防空教育，用很高的架子挂起报警的灯笼，一个灯笼表示有敌机，两个灯笼表示敌机逼近了，两个灯笼都撤掉，表示敌机到了，要赶紧躲进附近的岩洞里。在空袭的威胁下，他们仍坚持学习。

让程开甲忘不了的，是二月五日那天。他们正在上课，院子里传来嚷嚷声。他抬头一看，已经挂起了两个灯笼，老师喊了声："快，马上撤！"刚出教室，就听见了飞机的隆隆声，比任何一次都响，震得人脚底发麻。程开甲还没跑进岩洞，炸弹就响了，震耳欲聋，他赶紧躲在一块山石底下。黑压压的敌机像乌云一样压在头顶,炸弹一枚接一枚,幽静的校园顿时硝烟弥漫,火光冲天。师生们亲手布置的校舍,仅仅安稳三十多天,就遭到日寇的狂轰滥炸。眼睁睁看着校园被摧毁,程开甲咬紧牙关,低下头,不忍心再去看。

事后统计,这次轰炸,日寇出动战机十八架,投掷炸弹一百一十八枚,炸毁了学校大礼堂、东宿舍和许多教室,有些价值很高的实验仪器损毁了,百余名学生的衣物行李被焚毁。程开甲的宿舍损失最为惨重,一切都化成了灰烬,除了穿在身上的衣服,他一无所有了。所幸的是,师生撤离及时,没有人员伤亡。望着一片废墟,满地狼藉,有的青年学生怒目圆睁,大声咒骂侵略者,发誓要去参军,跟敌人拼了。

竺可桢校长表情严肃,登上瓦砾堆,说:"同学们,对你们来说,搬迁之旅是一场特殊的考试,考智慧,考品德,也考意志。敌机轰炸,是想阻止我们办学,我们偏要办下去,有了文化,国家才会强大!"

这番话,说出了程开甲的心声,无论如何都要坚持学习。

那时正值二月,春寒料峭。学校开展自救,紧急征集被褥,捐给受灾学生,又拨出专款为他们采购日用品,教职员工捐出月薪的十分之一,发给学生。从老师和同学手里接过被褥、棉袍和学习用品时,程开甲心里暖暖的,热泪盈眶。

夜深了,他睡不着,踱到院子里。残月隐在西边的林子里,给满地废墟筛下一片模模糊糊的光斑。这里是教室,往日的学习情景又浮到眼前。这里是自己的宿舍,以为可以安安稳稳住下去了,却瞬间成了焦土,夜风里,还残留着硝烟的味道。他蹲下身,寻找曾经的痕迹,什么都没了,只有毛茸茸的一簇小草。他的手在小草上停住了,轻轻拂去了草上的尘埃。

几天后,师生集合在操场上,竺可桢校长做了一场演讲,题目是《求是精神与牺牲精神》。

他列举了科学史上布鲁诺、伽利略、牛顿、达尔文、赫胥黎等人的事迹,然后分析形势:"现在欧美显得先进,实迄十六世纪为止,欧美文明远不如中国。但由于有这些先贤的求是之心,他们凭自己的良心，甘冒不韪，有的因求真知被烧死，有的被囚禁，但是他们不变其初衷，终于使真理得以大明，然后科学才能进步，工业才能发达，欧美才得进步。中国要想强盛，要使日本不敢侵略，只有靠中国人自己的力量，别人是靠不住的。培养这种力量，就是大家到浙江大学来的使命。"

听着校长的演讲，程开甲又想起了小时候听过的科学家的故事。

当晚，他在笔记本上写下了两句话：

"中国落后挨打的原因：科技落后。"

"拯救中国的药方：科学救国。"

真正的"相对论"

"大不自多,海纳江河。惟学无际,际于天地……"

这段歌词,出自浙江大学校歌。

二〇一四年,教育部公布了最受网友欢迎的高校校歌前十名,浙江大学校歌荣登榜首,获得"最美校歌"称号。

这首校歌创作于抗日战争时期。

那时浙江大学刚刚西迁至宜山,竺可桢校长主持召开校务会议,做出一个重要决定:以"求是"二字为校训,请马一浮先生创作校歌,鼓舞士气。

马一浮是国学大师,道德高尚,学识渊博。当时他正在浙江大学做特约讲座。接到创作任务,经过深思熟虑，他从《易经》《尚书》《礼记》等典籍中取材，引先哲嘉言，存为学至理，创作了这篇文采斐然、言简意赅的四言体文言歌词。

歌词共分三章，首章概括了什么是大学精神，次章具体说明浙江大学具备的大学精神，阐发"求是"校训的真谛，末章描述浙江大学的现状和未来的使命。

大不自多，海纳江河。惟学无际，际于天地。形上谓道兮，形下谓器。礼主别异兮，乐主和同。知其不二兮，尔听斯聪。

国有成均，在浙之滨。昔言求是，实启尔求真。习坎示教，始见经纶。无曰己是，无曰遂真。靡革匪因，靡故匪新。何以新之，开物前民。嗟尔髦士，尚其有闻。

念哉典学，思睿观通。有文有质，有农有工。兼总条贯，知至知终。成章乃达，若金之在熔。尚亨于野，无吝于宗。树我邦国，天下来同。

从那段流亡岁月开始，每逢开学典礼、毕业典礼或节庆活动，浙大师生都会精神饱满地高唱校歌。大家在歌声中陶冶情操，从歌声中增强信心，由歌声中获取力量，这已成为优良传统，一直弦歌不辍、薪火相传，直至今日。竺可桢校长曾经担心文言歌词不易传唱，没想到，一经演唱，就受到师生欢迎。

歌词译成白话文，大意是这样——

大海浩瀚而不自满，所以能容纳千江万河。大学学问广阔无际，延伸到整个宇宙天地。超越形体的称为道，有具体形貌的称为器。礼制区别人们之间的差异，音乐使民众和谐相处。明白它们的统一关系，就会更加聪慧明智。

有一所国立大学，在中国东南的浙水之滨。它以求是为宗旨，启迪大家为学求真。学校教育循序渐进，方能培养出治国才俊。莫言已把握事物本质，更莫言已穷尽真理。没有变革不需因袭，没有旧事物不需更新。怎样改革创新？探究事物，做大众的先导。诸位年轻的英才，应当明了这些重要的道理。

要专注于学业，力求思想深刻，识解通明。我们有人文、科学、农业、技术多种学科。要融会贯通，掌握知识的源流和实践运用。想要成才成功，犹如真金需要经过熔炉的冶炼。要胸襟宽广，不偏守门户之见、宗派之私。努力振兴祖国，同携共进，与世偕行。

程开甲和同学们唱着这首校歌，克服重重困难，在老师的教导下，羽翼逐渐丰满起来。

程开甲忘不了束星北先生，他是集才华、天赋、激情于一身的教育学家。大学二年级时，束先生给学生们讲牛顿运动三定律，他结合日常生活中遇到的场景，把深奥的力学原理讲得透彻生动。他教热力学，讲到熵的概念和热力学第二定律，这是物理学中最难理解的问题，但通过他通俗易懂的讲解，学生们轻松地进入了物理学的殿堂。

期末考试，有这样一道怪题：太阳吸引月亮的力比地球吸引月亮的力要大得多，为什么月亮还跟着地球跑呢？

许多同学都蒙了，课堂上没讲过呀！

程开甲笑了，这一定是束星北先生的点子。

于是程开甲运用牛顿力学原理，计算出数据，得出的结论是：在太阳的作用下，地球与月亮间的相对加速度要比太阳与月亮间的相对加速度大得多，所以月亮只能绕着地球转。

批阅试卷的时候，束星北露出了满意的笑容。这是一道难题，全班只有两人破解出来，其中就有程开甲。束星北与这两名学生进行了单独交流，发现程开甲不仅把知识学得扎扎实实，思维也很活跃，并且志向远大，从此对他用心栽培。

束星北问："知道物理讨论课吗？"

程开甲连忙点头。

物理讨论课是系里的特色活动，由王淦昌教授主持，形式有两种，一种是由全系教师和大学四年级学生轮流做学术报告，另一种是由束星北和王淦昌讲解物理学的前沿问题和研究进展。听说，讨论课的气氛宽松自由，报告过程中，老师们可以随时提问，或要求报告人引导大家讨论。

"愿意去旁听吗？"

"我……我才念大二。"程开甲诚惶诚恐。

束先生爽快地说:"开阔视野,博采众家之长,不以年级论短长。"

有了老师的用心栽培,程开甲钻研的劲头儿更足了。

讨论课上,最活跃的是王淦昌和束星北。别人做报告,他俩听得聚精会神,经常插话。有时两人观点不同,争论起来,像小孩子吵架似的,面红耳赤。争论过后,如果能达成共识,他们会开怀大笑。束星北绰号"束大炮",爱激动,有时他跑到讲台上把报告人赶下去,自己开讲。王淦昌呢,经常揪着问题不放,冥思苦想,一张圆溜溜的娃娃脸,皱得像个苦瓜。这时候,束星北就会调侃他:"天下本无事,为王淦昌自扰之。"

王淦昌和束星北是好朋友,却在讨论课上争论,刚开始,程开甲很惊讶,后来他明白了,这就叫"科学精神"。在质疑中发生思想碰撞,不断改进提高,不断加深合作,才会推动科学往前发展。从哥白尼的日心说,到达尔文的进化论,都是在质疑中推动了科学进步。从此,实事求是、独立思考、敢于质疑的精神,贯穿于程开甲的一言一行,为其日后取得科研成果铺下了基石。

大学三年级，束星北讲授狭义相对论。这是他的研究专长，选课的学生很多，但学着学着，枯燥的理论搞得同学们兴味索然，只剩下程开甲一个人了。束星北没有气馁，他认为，学习就像横渡海洋，只有意志坚定、不畏艰险的人才能到达彼岸。束星北将教学形式改为研讨式，教室里，师生二人，相对而坐，面对面教，面对面学，面对面研讨，面对面争论。有人戏称，这是真正的"相对论"。只有程开甲知道，这别开生面的"相对论"，让他收获有多大！

一九四一年，程开甲二十三岁，在束星北的指导下完成了他的毕业论文《相对论的效应》，获得一致好评。毕业后，他留在物理系，担任束星北先生的助教。

在爱丁堡

一九四四年十月，庆祝中国科学社成立三十周年学术活动在贵州湄潭举行，英国著名学者李约瑟应邀出席。

此时浙江大学已由宜山迁移至此。李约瑟来参观浙江大学物理系时，看到简陋的校舍、落后的设备、教学的成果，他惊讶极了："条件这么艰苦，你们还能坚持开展教学，搞科研，真了不起！"

"中国的科技要发展，就要有人扎扎实实做些事情。"陪同参观的王淦昌教授说，"我们有位年轻教授的研究成果，已经走向世界了。"

李约瑟很好奇。

"他才二十六岁，两篇论文即将在英国《自然》

杂志和《剑桥哲学学会会刊》上发表。"

这是两本具有国际影响力的学术期刊,刊发的都是名家论文。李约瑟很感兴趣,他的目光望向中国的陪同人员:"他是哪一位呀?"

"他叫程开甲,等会儿您就见到他了。"

在实验室里,李约瑟见到了程开甲,两人进行了热烈交流。

程开甲运用相对论知识,开展独立研究。他首先研究了水星绕太阳运行的轨迹,这个轨道计算是学界一直没有解决的问题。他利用牛顿力学原理进行计算,首次给出了与测量结果一致的水星运行轨道,将研究成果写成论文,投寄《自然》杂志。这是他独立发表的第一篇学术论文,有标志性意义。紧接着,他又撰写了《对自由粒子的狄拉克方程推导》。论文完成后,他寄给了英国物理学家狄拉克本人审阅,经狄拉克推荐,论文将在《剑桥哲学学会会刊》发表。

李约瑟对这个富有钻研精神的年轻人十分佩服。分手时,程开甲将自己刚刚完成的论文《弱相互作用需要205个质子质量的介子》以及写给狄拉克的一封信交给李约瑟，托他转交狄拉克，李约瑟愉快地接受了这个重托。

与李约瑟先生的这段奇缘，给程开甲的科学人生带来了重大转折。经李约瑟推荐，程开甲获得英国文化委员会的资助，实现了出国留学的愿望。

一九四六年八月，在英国文化委员会的安排下，经过一周的辗转，程开甲抵达目的地英国伦敦。

踏上英伦土地，程开甲感受着英国先进的科技水平和文化气息。相比之下，当时的中国太落后了。兴奋与忧虑交织在他的心头。他想到了中国古代领先于世界的科学技术，想到了来自世界各地如朝圣般到中国长安学习的遣唐使队伍。那时候，世界科技交流的中心在中国，可是现在……只有努力学习，才能迎头赶上。

程开甲被分配到爱丁堡大学。

他在留学申请表上介绍了自己的研究情况，研究方向与马克斯·玻恩教授基本一致，他幸运地成为玻恩先生的学生。玻恩是当时极负盛誉的科学大师之一，在物理学、数学等领域都有卓越贡献，后于一九五四年获得诺贝尔物理学奖。

一个大雾弥漫的上午,程开甲与玻恩教授第一次见面。

那天,程开甲起床很早,把自己收拾得整整齐齐,穿上西装,出发时比约定时间提前了不少,他想赶在玻恩先生之前站在门口恭候。然而程开甲没想到,当他到达时,玻恩先生已经站在门口等候了。见到久仰大名的物理学大师,程开甲手足无措,连准备好的问候语都忘说了。

"别把我当成什么专家,"玻恩握住程开甲的手,"我拜读过你的论文,很有见地,我们一起切磋。"

"我是来向先生学习的。"程开甲不好意思了。

玻恩先生给程开甲定下学习制度,每天上午或下午到他办公室交谈二十分钟。独立思考能力是玻恩先生最欣赏的,他鼓励学生畅所欲言,碰撞思想的火花。在二十分钟的时间里,程开甲与他自由交流。在质疑和争论中解决学习研究中遇到的疑难问题,这培养了程开甲的创新精神。

二十分钟是短暂的。为了让短短的二十分钟产生大大的价值,程开甲要在课前苦苦钻研,带着疑问和观点走进导师的办公室。这样的交流持续了四年,在那间不太宽敞的办公室里,留下了玻恩的谆谆教诲。对程开甲来说,还包含了方方面面的收获。这四年,程开甲不但学到了先进知识,了解了不同的学派,还结识了许多世界级的物理学家、科学巨匠,确立了自己的研究方向。人的一生,就那么几次机遇。成为玻恩先生的学生,是程开甲人生道路上的又一次幸运,让他在科学研究的道路上更上一层楼。

一九四八年,物理学界在瑞士苏黎世大学召开低温超导国际学术会议,程开甲与玻恩合作撰写了一篇论文递交大会,题目是《论超导电性》。会议召开时,玻恩有事,不能参会,程开甲作为代表在大会上宣读了论文。

这次会议,研究超导问题的专家沃纳·海森堡也来了。

海森堡也是玻恩的学生,当时已是物理学界响当当的权威。他创立了量子力学的矩阵形式,成为核物理和基本粒子研究领域的领军人物之一,曾获诺贝尔物理学奖。他去爱丁堡大学做过学术报告，介绍他的超导理论。后来，程开甲在《自然》杂志发表文章，指出海森堡这一理论的错误，并阐述了自己的观点。

由于观点不同，程开甲在会议上宣读完论文，海森堡就与他争论了起来。海森堡是德国人，嘴里经常蹦出一些德文。程开甲在浙江大学念书时选修过德文，成绩优异。海森堡说德文，程开甲听得懂，还能以德文应对。他们唇枪舌剑，针锋相对，一会儿英语，一会儿德文，热闹极了。

大会主席是著名物理学家沃尔夫冈·泡利，他望着眼前的物理学家与来自东方的学子，饶有兴味地说："你们争论，我来当裁判。"

两人争论了很久，都有充分理由，搞得裁判难决输赢。

泡利先生看看时钟，苦笑着说："你们师兄弟吵架，为什么导师玻恩不来？这裁判我不当了。"

这场争论是苏黎世会议的花絮，程开甲给专家们留下了深刻印象。

会议结束后，程开甲去海森堡的住处道别。虽然海森堡没能在观点上说服他，但海森堡渊博的知识、敏捷的思维以及宽广的学术胸怀，让他充满了敬意。

海森堡打开房门，看到程开甲站在门口，他张开双臂，热情拥抱了自己的"对手"。在程开甲身上，海森堡再一次看到玻恩学生的风格——不盲从权威，只追求真理。

举头望明月

一九四八年,程开甲戴着博士帽,手握毕业证书,微笑着站在爱丁堡大学教学楼前,拍下一张帅气的毕业照。

玻恩先生推荐他担任英国皇家化学工业研究所研究员,还是跟玻恩一起做研究,年薪七百五十英镑——这在当时是相当高的收入。程开甲想到了妻子高耀珊。留学三年,妻子没向他诉过苦,他能顺利完成学业,离不开妻子的功劳。没有妻子的支持,他怎么可能出国留学呢?国内战乱,一个女人独自抚养两个幼女,会遇到多少困难啊!

第一次领到薪水,程开甲直奔服装商店,给妻子选购了一件皮大衣。

结账时,他把一张支票递过去。老板看了看支票,又上下打量眼前的顾客,他不相信这个其貌不扬的黄种人买得起如此昂贵的皮大衣。

"结账!"程开甲提高了声音。

老板瞥了他一眼,拨通了银行的查询电话。

老板终于搞明白,眼前的年轻人竟然是爱丁堡大学的研究员,他总算挤出笑容,说了声"对不起"。可是,程开甲的自尊心却被刺痛了。中国是弱国,人家瞧不起你,你再努力,也只能做个"二等公民"。他想起中学时读过一篇有关"中国必亡论"的文章,当时他那颗小小的心灵深感自卑。现在,他是成年人了,国家、民族的观念已经很清晰,他感到的不再是自卑,而是愤怒。

留学的日子里,他忍受了太多的屈辱。坐电车,他听到乘客的窃窃私语:"我最讨厌奶油面孔的人。"当时车上只有他一个黄种人。有一次去海滩游泳,几个中国留学生一下水,就有人说:"看啊,一群人把水弄脏了!"更让他愤怒的是,有个英国人笑嘻嘻地问他:"你喜不喜欢猴子?"英文里,"喜欢"和"像"是同一个词"like",这话也是在问他："你像不像猴子？"对方在用双关语侮辱他。甚至连发表论文也会遭到怀疑，他们认为中国人没有这个水平。

尽管有了高薪的工作，程开甲却开心不起来。

有一天，玻恩先生关心地说："这里生活条件比中国好，把夫人和孩子都接过来，在这里安家吧。"

程开甲没吭声。

"我可以帮你办理家眷来英国的手续。"

"谢谢先生！"他感激地望着玻恩先生，"他们未必能适应国外的环境。"

四月里的一天，春意盎然，程开甲在苏格兰出差。晚上，昏黄的灯光铺洒在古老的街道上，他走进一家电影院，里面正在放映新闻简报。他摸黑儿坐下，新闻片里播放的正是关于"紫石英号"事件的报道，这是一件与中国有关的轰动整个英国的大事。

一九四九年四月二十日，国民党南京政府拒绝在《国内和平协定》上签字，中国人民解放军做好了渡江作战的准备。英国军舰"紫石英号""黑天鹅号""伴侣号"和"伦敦号",在长江上肆意游弋。"紫石英号"是英国皇家海军远东舰队的一艘护卫舰,排水量一千五百吨,装备有大炮六门。中国人民解放军下达作战命令后,"紫石英号"倚仗自己的实力,不顾解放军的多次警告,继续开足马力,离解放军阵地越来越近。中国人民解放军鸣炮示警无效,指挥员一声令下,江面炮火连天,片刻之间,"紫石英号"中弹三十余发,慌忙扯起白旗告饶。见解放军停止了炮击,好面子的英国人扯下白旗,又升起了"米"字国旗。解放军的大炮再次轰鸣,"黑天鹅号""伴侣号"和"伦敦号"赶来增援,也遭遇同样的命运。这场交战,"紫石英号"包括舰长在内有十七人阵亡,二十人重伤。"伴侣号"死亡十人,伤十二人。"伦敦号"死亡十五人,伤十三人。"黑天鹅号"有七人受伤。

"紫石英号"事件让西方列强第一次看到了中国人民的强大力量,也让程开甲看到了中国共产党和人民解放军的民族立场。

"我当时真是高兴啊!我就知道,我们有一天能够这样子的!"九十多岁时,程开甲还时常提及此事,"就是从那一天起,我看到了中华民族的希望。"他兴冲冲走出电影院,呼吸着含有草木清香的春的气息,给国内的亲朋写信,询问情况,得到的答复是,新中国真的有希望了!

不久,纽约《留美学生通讯》上发表了《给留美同学的一封公开信》,信中写道:

……从现在起,四万万五千万的农民、工人、知识分子、企业家将在反封建、反官僚资本、反帝国主义的大旗帜下,团结一心,合力建设一个新兴的中国,一个自由民主的中国,一个以工人农民也就是人民大众的幸福为前提的新中国。

要完成这个工作,前面是有不少的艰辛,但是我们有充分的信念,我们是在朝着充满光明前途的大道上迈进。这个建设新中国的责任是要我们分担的。

同学们,祖国在召唤我们了,我们还犹豫什么?彷徨什么?我们该马上回去了!

同学们,听吧!祖国在向我们召唤,四万万五千万的父老兄弟在向我们召唤,五千年的光辉在向我们召唤！我们的人民政府在向我们召唤！

回去吧！让我们回去，把我们的血汗洒在祖国的土地上，灌溉出灿烂的花朵。

我们中国是要出头的，我们的民族再也不是一个被人侮辱的民族了！

我们已经站起来了，回去吧，赶快回去吧！祖国在迫切地等待着我们！

这封公开信很快传到英国，那发自肺腑的声声召唤，就像一把火，点燃了程开甲澎湃的爱国之情，实现科学救国梦想的时候到了，他怎么能平静地坐在国外的实验室里呢？

很快，大家知道他决定回国了。

聚餐的时候，同学们都劝他留下来。这个说"中国穷"，那个说"中国落后"，还有的说"中国没有饭吃"。他和同学们争论起来，可是一个人怎么说得过众人？最后，他拍着桌子，大吼一声"不看今天，我们看今后"，愤然离席。在座的有中国留学生，也有英国人，那是他留英四年第一次发那么大的火，也是最理直气壮的一次。

玻恩先生怎能舍得失去这个得意门生呢？他与程开甲进行了一次长谈。玻恩先生虽然对他的决定有些遗憾，但完全理解他报效祖国的迫切心情。

他望着执拗的程开甲，关心地说："你会吃很多苦头的，出发的时候，多买些吃的带回去吧！"

"我知道中国的经济状况，这是我心甘情愿的选择！"

"举头望明月，低头思故乡。"走出屋子，一轮圆月挂在夜空。月光里，程开甲仿佛望见了母亲，望见了妻子，她们的目光里充满期盼……

他一向尊重恩师，听从玻恩先生的话，可是这次，他没去买吃的。他想，新中国百废待兴，一定缺少钢铁，这方面的资料肯定很宝贵。回国前的日子，他跑遍书店和图书馆，买了很多固体物理、金属物理方面的书。

启程那天，玻恩先生亲自送他到火车站。程开甲与恩师紧紧拥抱，心里翻江倒海一般。玻恩先生器重他，安排他做助手，他回国的决定让老师伤心了，可是一想到祖国的召唤，他不能犹豫。

火车鸣响汽笛，程开甲哽咽着说："玻恩教授，对不起……"

玻恩先生拍拍他的肩，把他送上火车。

"天下兴亡，匹夫有责"，正是凭着强烈的爱国情怀，中华民族几千年来延绵不绝，生生不息，虽然经历风雨，却始终牢固地凝聚在一起。爱国主义精神激励着一代又一代中华儿女为国家独立、民族富强和人民幸福而奉献自己的智慧、力量，甚至生命。

程开甲晚年时，每当有人问他，对当初回国的决定怎么想，他感慨地说："我不回国，可能会在学术上有更大的成就，但最多是个'二等公民'身份的科学家，绝不会有这样的幸福，因为我现在所做的一切，都和祖国紧紧地联系在一起。"

举头望明月

从零开始

"接天莲叶无穷碧,映日荷花别样红。"

一九五〇年的杭州西湖,荷花开了,一朵又一朵,宛若娇美的仙子,微风拂过,阵阵清香。新中国成立后的第一个夏日,游人荡舟西湖,享受着幸福安定的日子。

海上漂泊一个月后,程开甲终于踏上祖国的热土。他回到杭州,直奔母校浙江大学,拜访恩师束星北。一进门,他就向老师深鞠一躬。

束星北望着西装革履、一副绅士风度的程开甲,拉住他的手,说:"我们又可以一起工作了!"

浙江大学热情欢迎程开甲归来,他成为物理系副教授。

不久，中国高等院校院系大调整，程开甲服从安排，背起行囊，来到南京大学物理系。

党总支书记找他谈话，说："南京大学教授很少，你是归国的高级知识分子，经研究决定，你被提升为二级教授。"

"谢谢书记！"他连忙说，"我还没做出什么贡献，怎么能领取二级教授的薪金呢？国家还在抗美援朝，三级教授的薪金够我用了。"

书记看他如此诚恳，犹豫着说："那好吧，这件事放一放再说。"

"物理系有什么工作安排吗？我一定尽全力发挥作用。"

"物理系刚刚组建，从其他高校调过来的教师不少，人员很复杂，你的经历和学识我们是信得过的，教学研究你要做个带头人。"

新中国成立初期，优先发展重工业。南京大学物理系决定开展金属物理研究，把初创任务交给了程开甲。程开甲是搞固体物理的，属于理论研究，金属物理虽然与固体物理相关，但偏向应用，实际上是金属学，与他擅长的专业相去甚远，但这是国家建设的需要，他二话没说，一切从零开始。

程开甲从小就有一股子钻劲儿，不懂就学！

南京工程学院有金属学课，一周两次，程开甲风雨无阻，每堂课都去旁听，甘做学生。为了掌握金属的锻压、加工等知识，他利用暑假，带领年轻教师远赴沈阳的中国科学院金属研究所，向金属物理专家学习。他从最基础的东西学起，彻底弄清楚了金属材料的内涵。返校后，他们添置实验设备，建起了金属研究实验室。程开甲发挥专长，亲自为物理系师生讲授理论物理、统计物理、量子力学、固体物理、金属物理等课程。很快，南京大学物理系正式成立金属物理教研室，这是南京大学建成的第一个教研室，具有示范作用。

一九五六年，是程开甲难忘的一年，有太多振奋人心的事。

一月份，党中央召开了关于知识分子问题的会议，周恩来总理代表党中央做报告，重点阐述了知识分子在社会主义建设中的重要地位和作用。报告指出科学是关系我们的国防、经济和文化各方面发展的决定性因素，发出了"向现代科学进军"的口号。

捧读周总理的报告，程开甲眼里闪动着兴奋的光芒。总理的话，字字句句在他心里打下深深的烙印。程开甲学过的知识，有更大的用武之地了，他立下誓言："爱党，信党，跟党走，把一切交给党。"一九五六年七月，程开甲光荣地加入了中国共产党。

"我志愿加入中国共产党……"望着鲜艳的党旗，程开甲高高举起右拳，庄严宣誓。他心潮澎湃，曾经饱受苦难的祖国啊，历尽了屈辱践踏，是嘉兴南湖的碧波中一艘悄悄起航的红船，把共产主义的种子播撒在中国的山河大地，星星之火，熊熊燎原，迎来了新中国的诞生。在每一缕晨曦中，每一方烈日下，每一片星光里，都有共产党员坚定的身影。如今，程开甲也加入了这支光荣的队伍，他更加严格要求自己，他要为祖国发展做出更大的贡献。

入党不久后，程开甲接到通知，带足三个月的生活用品和必需的科研资料，到北京参加"十二年科技规划"的研究制定。党和国家领导人接见了科学家们。周恩来总理指示，要根据世界科学已有成就来规划我国的科学工作，要尽量采用世界先进技术，瞄准新兴学科、新兴技术，迎头赶上。制定科学规划，是把"向现代科学进军"的口号落实到行动上的第一步，一系列新兴的科学技术，如原子能、电子学、半导体、自动化等技术从此建立起来，"两弹一星"便是在规划的基础上发展起来的。

会议开了很久，开始时还是春暖花开，结束时已是绿树成荫。如此认真地做科研工作的长期规划，在我国还是第一次。程开甲夜以继日，出谋划策，偶尔看一眼窗外，只见枝头的绿意一日比一日繁茂了，他忘记了疲劳，又低头准备材料了。

在"向现代科学进军"的号召下，南京大学决定成立核物理教研室。这是一项开创性的工作，谁能做好？任务又落到了程开甲肩头。他再次服从安排，将刚刚取得成果的金属物理教研室交给其他同志，又去开辟新领域，创建南京大学核物理专业。

一切从零开始，第一项工作就是创造科研环境。那时候，实验仪器严重短缺，程开甲决定带领几名教师自己研制，他们不分白天黑夜地分析、计算。他查阅大量资料，从英国带回来的书籍也派上了用场。他们要制作的是一台磁谱仪，需要设计磁场，抽真空，做放射源。遇到困难也不怕，程开甲不断学习请教，比如，遇到电子线路的问题，他就请懂行的专家来讲课。

有一次，他们把放电现象当成了放射信号，经过研究，才发现不对。

这已经不是第一次失败了，大家垂头丧气。

"罗马城不是一天建起来的。"程开甲平静地说，"失败了，大家可能会失望，但如果不去尝试，那就注定要失败。"

就这样，他们振作精神，反复研究，终于研制出双聚焦β磁谱仪，并成功运用这台仪器测量元素的衰变，这是南京大学第一台核物理实验仪器。

成功的路是一条陡峭的阶梯，两手插在裤兜里是爬不上去的。师生们在实践中得到锻炼，不仅提高了专业知识，还磨炼了意志。

秘密

一九六〇年,程开甲被任命为南京大学物理系副主任。

当时,国际风云瞬息万变。新中国成立后,帮助我们搞建设的苏联,欲望越来越大,什么事都要说了算,甚至侵犯我国主权。中国政府拒绝了苏联的不合理要求,苏联便召回了派来支援中国建设的专家,终止援助协议,中国刚刚建立的工业基础面临严重困难。

"塞翁失马,焉知非福。"这件事更坚定了中国人自力更生、艰苦奋斗的信念。

这一年,南京的梅花开得格外茂盛,一簇一簇,缀满枝头,点缀着金陵古城,远看好似一片粉色的霞。哦，它们是地上的霞，正对着满天朝霞微笑呢。

程开甲没心思赏景，他早早走进实验室，继续研究未完的课题。

时钟嘀嗒，太阳升得很高了，他还在专注地做实验。

"程先生，郭校长请您去办公室。"门口传来同事的声音。

"哦。"他这才抬起头来。

郭影秋校长郑重地说："开甲同志，有一项重要任务，北京要借调你过去，明天报到。"

校长递过来一张纸条，上面写着报到的地址。

想到物理系的科研工作正如火如荼地进行着，程开甲有些不舍。他是个喜欢钻研的人，钻进去就出不来，但是，自己不仅是科学工作者，更是一名共产党员。拥护党的纲领，服从党的领导，这是共产党员必须做到的。看着郭校长庄重的表情，他猜测，这准是一项特殊的使命。

第二天，程开甲就乘上火车，赶往北京。

按照地址，他找到了那里，是一个搞煤炭的

单位。

"我是来报到的。"程开甲跟门卫说。

门卫疑惑地看看他,赶忙请示领导。领导也丈二和尚摸不着头脑,急忙给上级打电话。一番询问和请示之后,程开甲又得到一个新地址,在城北郊区。那里很偏僻,荒野里有一个朴素却戒备森严的院子,院里有两栋红砖小楼,一栋四层灰楼。

他被领进一间办公室,迎接他的人热情地伸出双手:"一路辛苦,开甲同志!"

那人见他满脸茫然,笑着解释:"这里是第二机械工业部第九研究所,我是副所长,姓吴,您是我们请来的专家。"

程开甲一阵激动,他知道,第九研究所简称"九所",这里汇聚了全国一流的专家队伍。

"我们与南京大学商量,要把您调过来,南大不放,您先辛苦辛苦,两边兼着。"吴所长提醒,"我们的这项任务,是国家最高机密,不能向任何人透露。"

程开甲深深地点了点头。

就这样,他再次改行,加入了中国核武器研制队伍。

他牢记一条纪律：保密。从此，他不再参加学术会议，不再发表论文，不能出国，不能随便与人交往，甚至不能告诉家人他的工作。这一年，他四十二岁，正是年富力强的黄金年龄，命运把他引上了一条默默无闻为祖国奉献的道路，他心甘情愿"干惊天动地事，做隐姓埋名人"，因为他是中华儿女，他渴望看见祖国的强大。

十年前，也就是一九五〇年六月，美帝国主义悍然入侵朝鲜，无视中国政府的严正警告，将战火一路烧到了中国的家门口，党中央发出了"抗美援朝，保家卫国"的战斗号令。中国人民志愿军同朝鲜人民军并肩作战，把敌人赶到了清川江以南，使美国妄图快速占领朝鲜全境的计划成为泡影。美军制定了在朝鲜半岛使用新型核弹的具体方案，还扬言要用核武器进攻中国。后来的岁月里，"核阴云"多次在中国的大门口飘荡。

面对核威胁，中国人民没有被吓倒，反而深刻认识到：拥有自己的核力量，才是保障国家安全的唯一出路。为了尽快打破大国核垄断，保卫国家安全，党中央做出研制"两弹一星"的战略决策。"两弹一星"指的是原子弹、导弹和人造卫星，有了"两弹一星"，侵略者就不敢欺负咱们了，这是强国的必由之路。

投入工作后，程开甲发现，他遇到了前所未有的困难。核武器是个秘密，有核国家都采取最严格的保密措施，当初苏联派来帮助我们的顾问，也很谨慎。有一次，中国专家请教了一个问题，顾问刚开口，旁边的顾问团领导就使劲咳嗽一声，打住了他的话头。

放眼世界强国，原子弹、氢弹，一颗接一颗在试验场炸响——

一九四九年八月，苏联第一颗原子弹爆炸成功；

一九五二年十月，英国第一次原子弹试验成功；

一九五二年十一月，美国第一次氢弹试验成功；

一九五三年八月，苏联第一次氢弹试验成功；

一九六〇年二月，法国第一颗原子弹爆炸

成功……

这一声声爆炸,震撼人心,仿佛在警示我们:落后就要挨打!

逆境是成长的一部分,勇于接受逆境的人,生命才会日渐茁壮,国家的发展也是这个道理。当时,二机部有一份科研工作计划纲要,上面写着:"我们的事业完全建立在自己的科研基础上,自己研究,自己试验,自己设计,自己制造,自己装备。""从无到有,从小到大,从低级到高级。"

中国人深知"天将降大任于是人也,必先苦其心志,劳其筋骨,饿其体肤,空乏其身"的道理。汗水里浸泡过的微笑最灿烂,迷惘中踏出的道路更坚实。程开甲见证了侵略者的残酷,也品尝过"二等公民"的辛酸。二十多年前那个烽火七月,同学约他放弃学业,共同投身抗日战争,他摇摇头,那不是他软弱,而是因为他有更大的梦想——科学救国!

就这样,"程开甲"这个名字列入了国家绝密档案。

圆梦的时刻到了。

白手起家

　　初秋天气，路边的槐树笔直高大，苍翠欲滴，是首都北京的一道绿色风景。

　　中国将第一颗原子弹的爆炸试验提上了日程。程开甲奉命组建核试验技术研究所，担任副所长，是技术方面的最高负责人。这是一副光荣的重担。

　　程开甲学识渊博，沉稳细心，又肯钻研，深受大家信赖。挑起这副重担，他就急匆匆走进国防科委大楼，找到顶头上司张爱萍。

　　"请给我调人，我马上投入工作！"

　　"程教授，请坐。"张爱萍直言不讳，"马上投入工作很好，不过，人员，暂时没有，要房子，暂时也没有，仪器也无法马上买到。短时间内，技术研究所在人员和设备方面很难健全，但是时间紧迫，研究工作要立即开始。"

开门见山的一番话，让程开甲冷静下来。原子弹的研制是国家安全的保障，党中央全力支持，但现在，国家有困难，科技工作者必须克服困难，为国分忧。

他没再提困难，只说了句："我会排除万难，争取胜利的。"

程开甲当上了"光杆司令"，独自一人在办公室伏案忙碌，思考着如何让中国第一颗原子弹顺利爆响的重大问题。

一个月后，终于调来了三个年轻人，吕敏、陆祖荫和忻贤杰，他们都有留学经历，而且各有专长。他们四个人组成了最初的科研团队。

四个人挤在一间办公室里，召开了第一次会议。

程开甲说："按照国防科委的意见，我们要在短时间内建立一个核武器试验技术研究所，在一年半内，从技术人员和仪器设备上做好上场的准备。"

"上场"就是进入核试验场,投入试验。

"苏联专家撤走时扬言,给我们一颗原子弹,我们也弄不响。"程开甲的目光一一扫过每一个人,"我们要百分之百完成任务,这是有关国家命运的大事,党和国家给予我们这么大的信任,我们只有一心一意,拼命干好,不能有任何后退的想法。"

然而,现实是残酷的,他们一无所有,甚至不知道核爆炸的具体过程。仅有的信息,是苏联顾问的谈话片段和美国实验室公开出版的一本书,这本书叫作《爆炸波》,后来他们又找到了两三本国外的普及读物。一年半以后要建立起成套的测量方法,拿出上百台仪器设备,培养上百名参与核试验的技术干部,百分之百完成任务,谈何容易!

那段日子,办公室的灯光彻夜长明,他们昼夜攻关。

苏联专家曾经提醒我们,中国西北部不能进行地面核试验,只能进行空爆试验。可是,如果采取空中爆炸的方式,地面人员收集不到丰富的数据,等于白干一场。怎么办?他们从仅有的资料着手,经过半个月的计算后，程开甲对我国第一颗原子弹的试验方式有了自己的思考。

在讨论中，他首先发言："有核国家都是先进行大气层核试验的，因为它易于实现，便于获取有关冲击波、光辐射、核辐射等方面的试验资料，可以得到爆炸造成的各种杀伤破坏效应，并便于进行大当量试验。核装置可采用飞机或火箭运载、气球吊升等方式送到预定高度，也可以置于铁塔上。我国第一颗原子弹到底采取何种方式？我们一定要根据自己的实际情况来定。大家可以突破条条框框，充分发表意见。"

吕敏、陆祖荫、忻贤杰纷纷发言，各抒己见。程开甲认真地听着，思考着，在本子上记录着。

其实，程开甲早就独立开展了大量研究，认为采取空爆的方式是不妥的。第一次试验就用空投方式，要做到测试与起爆同步，还要保证原子弹落点准确，我们没有把握，这种爆炸方式也会给爆炸数据的测量带来困难。投弹飞机能否安全返航，我们没有经验，另外，空投方式也欠缺保密性。

经过讨论，我国第一颗原子弹的爆炸试验不采

白手起家 91

取空投方式的理由越发充分了。那么，新的爆炸方式又是什么呢？

"我看，采用静态方式比较稳妥。"程开甲沉思良久，终于开了口，"将原子弹放在铁塔上进行爆炸试验，铁塔的安全高度，我们根据原子弹的设计参数来计算。"

很快，程开甲主持起草了一份核试验工作纲要，明确提出我国第一颗原子弹采用静态试验方式，将核装置放在百米高的铁塔上进行爆炸试验。配合这个方案，他们同时提出了急需安排的研究课题，共计四十五个研究项目，九十六个科研课题。

两份绝密文件迅速报送到上级领导手里。

没几天，张爱萍主持召开国防科委办公会议，领导和专家对程开甲提出的纲要进行审查，经过论证，获得批准。后来的事实证明，塔爆方式不但使我国第一颗原子弹试爆的时间大大提前，还便于安排较多的试验项目，用来监测原子弹的状态，收集相关数据，这为日后的试验提供了可靠依据。

根据工作需求，程开甲设计出了核试验技术研究所的组织结构，并把目光盯在了人才的选调上。

他提出专业要求和条件，经国家批准，从全国选拔人才。不久，理论计算、放射化学、力学、光学、电子、机械、核物理等专业的二十四名技术骨干被调入核试验技术研究所，成为核试验工作的重要成员。

白手起家的"光杆司令"有了自己的队伍，程开甲信心更足了。

马兰花

有首歌唱道:"有一种花儿名叫马兰,你要寻找她,请西出阳关……"马兰,这个以花命名的地方,就是我国唯一的核武器试验基地,坐落在新疆地区的"死亡之海"罗布泊的腹地。

从一九六四年中国第一颗原子弹爆炸成功,到一九九六年中国进行最后一次核试验,这片土地饱经风霜。无论经过多少岁月,我们也永远不能忘记,曾经有那么一批人,无所畏惧,艰苦奋斗,把功绩书写在大漠里,用理想信念挺起了中国的脊梁。

程开甲第一次走进马兰,是在一九六三年夏天。

为了做到心中有数,程开甲提出亲赴试验场,实地考察确定爆炸位置。

从北京出发,他们乘坐伊尔-14飞机,经西安、兰州,抵达马兰机场。这是苏联在二十世纪五十年代制造的一架运输机,它的内部相当宽阔,机翼一左一右各有一个螺旋桨。

程开甲坐在舷窗前,注视着蓝天,盼着早些看到核试验基地的真面目。

忽然,他碰了碰身边同事的胳膊,低声说:"看,螺旋桨不动了。"

同事扭头一看,果然只剩一个螺旋桨在工作。

飞机上有各级领导和技术骨干二十多人,如果发生意外,后果不堪设想。同事着急了,机上没有乘务员,驾驶舱锁着门,有问题也没法说。程开甲示意他保持冷静,相信飞行员会有办法的。

不一会儿,飞机返航了,安全降落。由于发动机故障,只能换飞机。

第二天,他们乘另一架飞机起飞。

抵达马兰机场时,核试验基地司令员张蕴钰等领导都在机场等候。张司令员身材魁梧,参加过淮海战役、渡江战役、上甘岭战役等，他早就盼着第一颗原子弹顺利起爆，扬我国威了。

越野车颠簸着驶向核试验基地。

沿途都是广袤的沙漠，死寂的沙海，雄浑，静穆，仿佛老是板着个脸，给你颜色看。黄沙、黄沙，永远是灼热的黄沙，仿佛大自然在这里让汹涌的波涛、排空的怒浪霎时间凝固起来，永远静止不动。沙海浩浩渺渺，起伏不断，人在其间，显得那么渺小，即使是车队，也仿佛只是几粒沙。

张蕴钰对车上的人说："很久很久以前，这里还是一片湖水呢，罗布泊就是汇集湖水的意思。如今，方圆三千多平方公里没有人烟，倒是给咱们的试验提供了个好地方。"

"不种五谷，不牧牲畜，唯以小舟捕鱼为食。古书这么描述过罗布泊人的生活。"一位专家说。

"沧海桑田，什么都变了，但有一种花，叫马兰花，从古到今，一直生长在这里。"

"马兰？这就是地名的来历吧？"

"猜对了！"张司令员笑着说，"规划场区的时候，大家琢磨着给这里取个名字。当时，马兰花正在盛开，蓝莹莹的，真好看。我提议这地方就叫马兰吧，象征部队广大官兵像马兰花那样具有顽强的生命力，在荒漠上扎根开花。"

"好名字！"大家赞叹着，把目光投向车窗外。

沙丘，沙丘，走不完的沙丘，一个比一个高，一个比一个陡，不见马兰花的身影。道路正在施工，车窗外不时掠过解放军战士劳动的身影，他们就是"马兰花"吧。

到达核武器试验基地办公区，初步了解情况后，他们马不停蹄，立即前往场区实地考察。这次考察历时五天。场区太大了，每天往返，路上很费时间。于是，他们考察到哪里，就支起帐篷住在哪里，吃干粮，点煤油灯，打地铺。

第一天晚上，他们住在孔雀河边。流淌的孔雀河好似一条蓝翡翠色的飘带，美丽极了。有人给驻地取了一个好听的名字，叫"开屏"，寓意试验成功，展现出孔雀开屏般的美丽。

考察工作很忙碌，要确定爆心位置，确定现场布局。在技术问题上，程开甲是总负责人，他提什么，领导就支持什么，这份信任让他更加一丝不苟，常常很晚才休息。经过一番观察和测量，他们选定了离公路较近，便于设备运输和铁塔安装的爆心点。经过考察，他们对起爆现场有了清晰的认知，对第一颗原子弹塔爆的试验方式更有把握了。

程开甲还惦念着马兰花。休息时，他悄悄走出帐篷，走了老远，稀稀拉拉的杂草在脚边摇曳。他继续向前，一抹蓝色闯入了眼帘，正是马兰花！

马兰花的叶子是条状的，一根一根挺拔向上，越靠近顶部形状越尖。尽管没有沿袭名贵植物高雅的血统，但是它们不甘落后，披上一身绿装，一小丛一小丛地遍布在一座座小山丘上。马兰花的根系特别扎实，生命力极强，固土护坡，功不可没。有一株孤独的马兰花，生长在边缘地带。程开甲走过去，见它长得很矮，叶条稀疏，颜色黄绿，但稀疏的叶条之间还是开出了蓝色的小花。

他采了一朵马兰花，尝了尝，有点发涩，稍苦。他又折了一根草茎尝，很硬，水分少，苦涩味更重了。车轮轧过的马兰花，只是稍稍歪斜而已，即使被碾轧进沙土里，也不会凋零，不久后还会缓缓向上伸展。这就是马兰花，坚韧不拔的马兰花，在沙漠戈壁这么艰苦的环境里，顽强生长，蔓延到满山满谷。恍然间，他眼前仿佛开满了马兰花……

马兰花，平凡的花，它是核试验基地最美的花，你会感动于它的奉献和执着。是呀，一旦扎根土地，它们从不言弃。春风吹来，它们泛起绿意，带来春天来临的信息。夏天，它们绽放灿烂的花朵，装点世界。入秋了，它们把自己的叶子奉献给过冬的家畜，作为美食。到了冬季，它们默默回归土地。在广袤的大漠上，马兰花唱响了一曲独特的生命之歌。

这里偏远荒凉，程开甲却喜欢上了这片土地。

"邱小姐"即将登场

"邱小姐"是谁？这是中国第一颗原子弹的代号。

原子弹是个威力巨大的家伙，怎么有个如此温柔的称呼？且听我细细道来。

一九五九年六月，苏联单方面撕毁了中苏双方签订的国防新技术协定，拒绝提供原子弹样品和生产原子弹的技术资料。眼看着中国制造原子弹这件事就要化为泡影，面对困境，党中央决定缩减开支，就算经济条件和国际环境再恶劣，也一定要把我们自己的核武器研制成功。为了牢记这段特殊的岁月，核武器研制计划叫作"596计划"。瞧，这就是中国人的志气！

经过努力,第一颗原子弹试爆在即。这可是国家机密,得搞一套密语出来。

外国人给自己的原子弹取过五花八门的名字,用来掩人耳目。美国的第一颗原子弹叫"瘦子",在日本投掷的两颗原子弹,一颗叫"小男孩",一颗叫"胖子"。苏联的第一颗原子弹叫"南瓜"……

中国的第一颗原子弹的形象很圆润,像个大皮球。大家思来想去,决定把它的代号定为"球小姐",谐音"邱",就叫"邱小姐"。装原子弹的容器叫"梳妆台",那里连接着几十根雷管,有很多电缆线垂下来,像少女的秀发,插接雷管叫"梳辫子"。原子弹装配叫作"穿衣",原子弹停在装配间,密语为"住下房",在塔上密闭工作间,密语是"住上房"。气象的密语叫"血压",原子弹起爆时间叫作"零时"。

盛夏季节,核试验技术研究所进驻罗布泊,开始了仪器设备的现场安装测试工作。

这是一场特别的测试,科研人员测试设备性能,老天爷也在测试科研人员的意志。

白天的戈壁滩气温高达六十摄氏度，帐篷里像蒸笼，他们天天顶着烈日，迎着热风，晒脱了皮。喝的是孔雀河里的咸苦水，有人不适应，拉了肚子，一天拉十几次，人都要虚脱了。当时那是场区唯一的水源，拉肚子也得喝。戈壁滩的风沙更厉害，刮起风来，天昏地暗，飞沙走石，能把帐篷顶掀翻，飞起的石子儿打碎了车窗玻璃，剐掉了油漆。

都说蜀道难，难于上青天，戈壁滩的公路不亚于蜀道，路面布满连续不断的凹坑，人称"搓板路"。试验场区很大，他们每天坐在大卡车里，在"搓板路"上颠簸几十里甚至上百里，震得屁股疼，肠胃也痛。大家顶烈日，战风沙，喝苦水，走"搓板路"，始终坚守岗位，以苦为荣，全心全意贡献自己的一份力量，确保不留隐患。

程开甲以身作则，披星戴月，走遍每个工区，走进每个现场，检查督促，不放过任何一个细小疑点。见过程开甲的人，都知道他是出了名的认真。

考虑到核试验的保密性和数据的可靠性，他提出了有线测控方案，而不采用无线测控系统，这就需要从原子弹爆心向各个测试点铺设电缆。戈壁滩大都是盐碱地，硬得像石头，一铁锹刨下去，砸得地上直冒火星，地面却纹丝不动。电缆沟是工程队一镐一镐刨出来的，很辛苦。

检查时，程开甲发现埋电缆时没铺细沙，马上要求停工，严肃地说："所有电缆沟都必须铺放细沙，不这样做，冲击波或地面震动可能造成电缆破损，信号中断，影响测试结果。"

工程队的人着急了："程教授，你这个小建议可是个大工程，需要运几百卡车的沙子，时间够用吗？！"

有人附和："小题大做，没这个必要吧？"

"严肃认真，周到细致，稳妥可靠，万无一失，这是周恩来总理提出的要求。"程开甲据理力争。

的确，这十六个字，字字千斤。试验基地用彩色石块把这十六个字镶嵌在办公区、工程区，好让它随处可见，这是他们的座右铭，程开甲比谁都清楚自己承担着怎样的责任。

他坚持铺沙，问题反映到基地司令员张蕴钰那里。

搞明白情况后,张司令命令道:"遵照程教授的意见办!"

这位在抗美援朝上甘岭战役中任军参谋长的将军,深深懂得核试验过程中专家意见的重要性。在他的带领下,基地形成了尊重知识、重视人才的良好风气。

铺沙工程开始了,程开甲也没放松,在一次检查中,他发现有些路段铺的细沙厚度不够,要求立即返工。

工程人员争辩:"细沙已经铺了不少。"

程开甲把手指伸进细沙,问:"你看看,这个厚度能行吗?"

"就差一点点。"工程人员哭丧着脸。

"科学实验必须严谨,任何程序都不能马虎,没有严谨就没有成功!"程开甲要发火了。

工程队赶紧行动,按程教授的要求做。

原子弹装配出来了,要不要试爆?有两种方案:一是发展技术,暂不试验;二是尽早试验,扬我国威。最后,毛泽东主席一锤定音:"要尽早试验。"

"邱小姐"即将登场

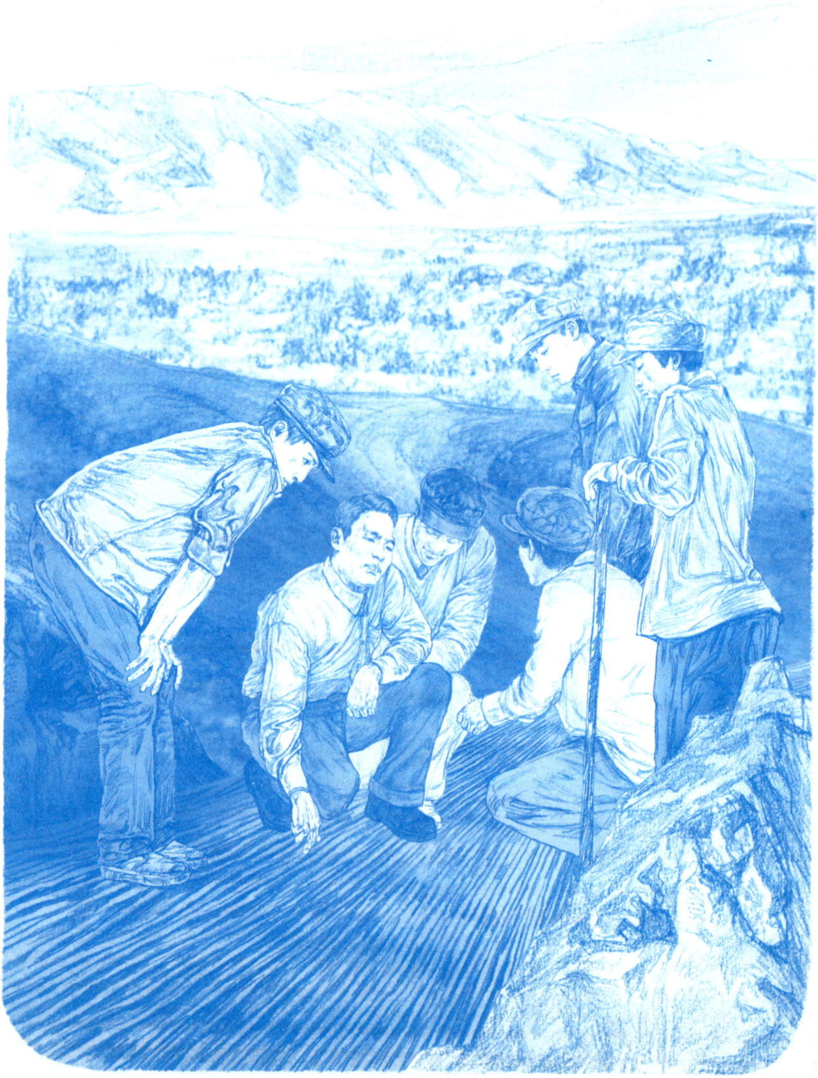

一九六四年九月，在新疆罗布泊的茫茫戈壁上，试验基地矗立起一座一百零二米高的铁塔，原子弹将安装在铁塔顶部。这座刺向苍穹的铁塔，采用无缝钢管结构，正方形断面，自立式塔架，共有十四节，如一把长剑，在烈日下闪耀着光芒。为了测试核爆炸的性质、当量、效应，他们在铁塔四周六十公里范围内布置了九十多项效应工程、三千多台测试仪器。

在所有人日夜奋战下，准备工作一切就绪，程开甲舒了一口气。他等待着，等待"邱小姐"闪亮登场。

罗布泊升起蘑菇云

通往罗布泊核试验场区的公路上，静悄悄的，风沙掠过，哗啦啦响。偶尔有一只鹰在高空盘旋，翅膀展平，好半天扇动一下。

一九六三年底，这条寂静的公路热闹起来了。寒风凛冽，卡车、马车、骆驼在公路上来来往往，三万三千多吨设备和几千名参试人员经过这条公路，陆续抵达核试验场区。

罗布泊风沙太大，空气干燥，仪器设备时不时就出问题，科研人员想尽办法维护设备的运转。后来他们想到了个好办法，给探测仪加个防护装置。有一天，一位科研人员看见杂货铺卖的大锅，心里一动，他一量尺寸挺合适，就买回来往探测仪上一扣，正好。后来氢弹的研制试验也沿用了这种方法，用上大锅后，探测仪从没坏过。他们得意地说，美国人的卫星在天上看到这些圆乎乎的东西，准以为中国人又搞出了什么先进仪器呢！

"邱小姐"组装完成，将由专列从青海核武器研制基地运往新疆核武器试验基地。一路采取严密的保卫措施，不但有武装押运人员，沿线还有公安干警警戒。经过两地交界处时，它会由公安厅厅长护送过境，并办理安全交接手续。为防止产生火花，检查车辆的铁路工人使用的铁锤全部换成铜锤。为防止爆炸物混入，机车用煤必须过筛，专列经过地区的高压电线也暂停供电。所有人都在精心保护这来之不易的宝贝。

一九六四年十月四日，"邱小姐"安全到达罗布泊，登上一百零二米高的铁塔。

十月十四日，程开甲接到通知，立即在石头房子召开紧急会议。

石头房子是张爱萍的宿舍兼办公室，它是核试验场区唯一的"高级建筑"。场区一望无际，到处是帐篷。帐篷是宿舍，也是办公室。当程开甲赶到石头房子时，核试验委员会的主要成员陆续都到了，屋子里静静的。

张爱萍宣布："中央专门委员会做出决定，我国第一颗原子弹爆炸'零时'定在北京时间一九六四年十月十六日十五时。"

十五日晚上，程开甲彻夜未眠。作为核试验基地的最高技术负责人，从原子弹被吊上塔顶开始，他的心就跟着悬在了半空。核试验是不可逆的一次性试验，要求大部分测试仪器必须在自控状态下，在爆炸"零时"到来时开机工作，准确无误地获得所需数据。虽然全部调试工作已经反复演练过，仪器设备也不知检查了多少遍，但程开甲还是放心不下。那一夜，天上挂着半轮明月，仿佛在对他微笑，在悄悄地安慰着他。核试验场区的帐篷内出奇地静，一点儿也听不到以往熟悉的呼噜声。

十六日，天刚亮，程开甲就披衣起床，走出帐篷，观测天气。核爆炸后，高空风向将会影响放射性尘埃的走向，这些复杂问题，他都要做好预判。看到碧空如洗，他的心情轻松了许多。

上午，程开甲在主控站就位。他不时望一望窗外，云层变厚了，压得低低的，能见度不理想。他心中默念：关键时刻到了，戈壁滩的风啊，我们承受住了你的考验，但愿你能助我们一臂之力，吹散浓浓的云团吧！

中午，厨师给他们做了一顿香喷喷的包子。这可是少见的美味，但谁都没吃出包子的味道，人们的心思都在原子弹上呢。

午后，云层渐渐变薄了，透出日光来。

"两小时准备！"

"一小时准备！"

"半小时准备！"

……

随着口令的一次次下达，每个人都屏气凝息，主控站里的气氛越来越紧张。

十四时五十九分四十秒，主控站操作员按下启动电钮，十秒钟后整个系统进入自动化程序，计数器倒计时开始。

"十，九，八，七，六，五，四，三，二，一，零！"

"起爆！"

顿时，金光喷发，火球凌空，爆炸声响彻云

霄，蘑菇云腾空而起。

这东方巨响，雷霆万钧，惊醒了沉寂千年的罗布泊。

指示灯不停地闪烁，自控系统分秒不差地启动了上千台仪器。看到仪表反应，程开甲知道原子弹爆炸成功了，他激动地站起身，脸上露出久违的笑容，在场的每个人眼里也都迸射出喜悦的光芒。终于成功了！所有的付出终于得到了回报，中国制造出了自己的原子弹！

坐镇孔雀河畔指挥所的张爱萍，看见蘑菇云腾空而起，接到主控站的报告，立即拨通周恩来总理的电话，激动地报告："总理，我们成功啦！原子弹爆炸成功啦！"

周总理沉默了一会儿，问："是不是真的核爆炸？"

这问题让张爱萍措手不及，他问身边的王淦昌。

王淦昌回答："应该是的。"

蘑菇云正在上升，铁塔已经消失……尽管大家都认为是核爆炸，却无法提供准确的科学证据。

中华先锋人物故事汇　程开甲

"报告！""报告！""报告！"……很快，核武器技术研究所的技术人员从各个测试点迅速反馈信息，把数据汇集到程开甲手里。

最开始，远区提供的压力测量给出五千吨爆炸当量。在场的人都沉默了，谁也不说话。这与设计值相差实在太远了。过了一会儿，技术人员拿着刚刚测量到的冲击波正压作用时间数值过来了。程开甲根据速报数据，立即估算出爆炸当量为两万吨，他欣慰地笑了，说："近区不受气象条件的影响，测量值是可靠的，远区受气象条件影响大。"听了程开甲的讲解，大家才松了口气。

张爱萍接到报告，再次向周总理汇报。

得知消息无误，周总理向正在参加大型音乐史诗《东方红》演出的同志们宣布了这个消息。

当晚，在北京人民大会堂，周总理郑重宣布：在我国西部地区爆炸了一颗原子弹，中国成功地进行了第一次核试验！掌声雷动，欢呼震天，总理一次次摆着双手，示意大家静下来，可是，欢腾的人们抑制不住内心的喜悦，掌声、欢呼声持续不断，周总理笑了……

与此同时，张爱萍在戈壁滩上主持了一场千人庆功宴，宴会地点设在帐篷外。

席间，核试验基地司令员张蕴钰向程开甲走来，把一大碗茅台酒递给他，足有半斤。平时不喝酒的程开甲，接过酒来，干了个底朝天。张蕴钰摇晃着他的肩膀，反复地说："程教授，这一回，你是张飞的胡子——满脸，满脸呀！"

据资料记载，法国第一次核试验没拿到任何数据。美国、英国、苏联第一次核试验，也只拿到很少一部分数据。而我国在首次核试验中，百分之九十七的测试仪器记录数据完整准确。原子弹的研制是一项全国系统工程，各行各业都为其做出了贡献，当原子弹爆炸成功的消息一出，举国欢腾。这条路走得很艰难，但是中国人民从不退缩，中华民族是有韧性的民族。

第一颗原子弹爆炸的蘑菇云随时间的流逝而消失了，但是，它给人们的启示却是永远不会消失的。首次核试验的成功，有力地证明了中国人民是有志气、有勇气、有能力的，也证明了自力更生、艰苦奋斗、创新立业不是一句空话，而是实践所验证的真理。它将激励更多的知识分子和科技精英向现代科学技术进军,为开创中华民族的历史新篇章做出更大的贡献。

无名的小溪

在国家最高科学技术奖获得者中,程开甲是公开发表论文最少的一位。献身核事业二十多年,他没发表过一篇论文。可是,这二十多年,他主持了我国首次原子弹、首次氢弹、首次两弹结合、首次地下平洞方式和首次地下竖井方式等三十多次核试验,均获得圆满成功。他科学地规划创建了核试验技术研究所,这个研究所获得两千多项科技成果奖,许多成果填补了国内空白。他是中国指挥核试验次数最多的科学家,人们称他为"核司令"。

每一个"首次",都是一次创新,每一次创新都离不开通宵达旦的忘我工作。

说不清多少次彻夜不眠的讨论,记不清多少次绞尽脑汁的思索，数不清多少次风尘仆仆的奔波，这对于程开甲和他身边的科技工作者来说，都是平常事。有一次，程开甲从课题研究中抬起头来，听见办公室门外吵吵闹闹的，推门一看，几个年轻同志正在打乒乓球。他提醒道："现在可是上班时间。"大家都笑了。有人说："程教授，您也歇歇吧，您把午休当成上班时间了！"他看看时钟，这才恍然大悟。

面对一项项崇高的荣誉，程开甲总是淡淡地说："我只是代表，功劳是大家的。"

的确，核爆炸的成功只是瞬间闪现的辉煌，谁又能记清这辉煌的瞬间，凝聚着多少人的心血和汗水呢？开拓创新的成果是集体智慧的结晶，虽然写在立功受奖光荣榜上的名字只是少数人，但我国核试验事业的光荣属于所有参与者。如果说核试验事业是一片汪洋大海，那么，它是由许多无名的小溪汇聚而成的。

测量核爆炸冲击波的钟表式压力自记仪，是刚大学毕业的林俊德等几名年轻大学生研制的。他们因陋就简制造了仪器，又利用寒风、烈日、蜡烛和自行车的打气筒，检验仪器性能。为了掌握严寒条件下的仪器性能，他们背起仪器，在最寒冷的夜晚，爬到海拔三千多米的山头去做试验。就是凭着这股劲儿，他们在不断改进和完善压力自记仪之后，又研制了力学实验设备。

不只是科研人员，还有许多没有被记载姓名的工厂职工也在为原子弹事业默默奉献。

核武器的研制，需要一种矿物质——铀。为了寻找铀矿，早在一九五五年，地质部门就成立了三支勘探部队，分别为新疆的五一九部队，中南的三〇九部队，西南的二〇九部队。勘探队员们最早在新疆伊犁找到矿床，不久，在湖南、广西、广东等地也发现了矿床，十几名勘探队员为此付出了生命。

制造原子弹的核心材料是"铀-235"，但提取"铀-235"是个宏大工程。从南方的矿山开挖，选矿，粗加工，一步一步地筛选，一步一步地提取，将半成品送到北方某工厂，工厂加工后再送到西部多家工厂……最后提取出"铀-235"。整个过程涉及全国二十多个省、自治区、直辖市，分属二十多个部门，九百多家工厂。

一九六四年一月十四日，中国的第一瓶丰度达百分之九十的高浓缩铀诞生了。当时，甘肃省兰州市铀浓缩厂的刘晓波，被选为提取第一瓶高浓缩铀的操作手，他成功提取了第一瓶铀。接下来，要将高浓缩铀坯精加工成铀球，任务落到了当时年仅三十岁的工人原公浦身上。如果出半点差错，那么，数万人十年的努力就都白费了。原公浦每天用同样大小的钢球练手，最后能达到一刀切下去，不用看就知道削下了多少。

一九六四年四月三十日，原公浦穿上笨重的防护服，戴上特制口罩，套上双层乳胶手套，像登月的宇航员那样，一步一步走上机床的操作台，开始了切削工作。

在机床的切割声中，所有人都屏住呼吸，目不转睛地看着切割刀靠近那块铀坯。突然，当的一声，铀坯在众目睽睽之下竟然从夹具上掉了下来。原公浦浑身一颤，顿时脸色煞白。

原来是机床的真空吸盘出了点问题，铀坯掉进了切屑盘中，万幸的是，铀坯丝毫未损。

领导安排原公浦休息一会儿，同志们递上了专门为他准备的牛奶。

平静了一下心情，他第二次走上了操作台。每一刀切下来的铀屑都有严格的标准。他聚精会神地切削，助手配合他进行精密测量，在单调的嗞嗞进刀声中，铀坯缓慢地改变着形状。经过四个多小时的精细加工，铀球渐渐成形了，还差最后三刀，不能多一分，不能少一毫。原公浦定了定神，一刀切下去，停下来量一下尺寸，然后切第二刀，再停下来仔细测量。切完最后一刀，原公浦用尽了所有的气力，瘫坐在地上。经严格检验，铀球完全符合规格要求。

研制核武器免不了接触高能炸药。制作炸药是有辐射的，据老工人介绍，他们进厂前佩戴十二层的口罩，下班的时候，十二层口罩全部是黄的，嘴唇是紫色的。体检时，一个车间就查出七十多名职工有职业病。炸药的另一个危险尽人皆知，那就是易燃易爆，一不小心就可能发生事故。这样的事故曾经发生过，四名工人在爆炸中牺牲了。

这份工作光荣吗？光荣。

危险吗？危险。

他们怕不怕？当然怕。

但是，没有一个人想逃离岗位。虽千难万险，吾往矣！程开甲说："我这辈子最大的心愿就是国家强起来，国防强起来。"我们的工人师傅何尝不是怀着这样的心愿呢？！

"两弹一星"事业是集体的伟大事业。党中央集中了一大批既有高度爱国主义觉悟，又有广博科学技能的专家学者，有效组织各部门、各单位之间大力协同，为成功奠定了坚实的基础。

有一首抗战歌曲《团结就是力量》，歌中唱道："……团结就是力量，这力量是铁，这力量是钢，比铁还硬，比钢还强……向着太阳，向着自由，向着新中国，发出万丈光芒……"在中国共产党的领导下，来自全国的成千上万的科研人员、技术人员、后勤人员等，团结协作，并肩战斗，他们就像一条条无名的小溪，汇成了向现代国防科技高峰进军的汪洋大海。像这样的大协作，只有我们社会主义国家在中国共产党的领导下才能办到。

比一千个太阳还亮

"漫天奇光异彩,有如圣灵逞威,只有一千个太阳,才能与其争辉。我是死神,我是世界的毁灭者。"一位美国物理学家在观看世界第一颗原子弹试爆的场景时,受到巨大震撼,他引用了印度史诗中的一段话来形容自己的感受。

"比一千个太阳还亮",人们常用它形容原子弹、氢弹爆炸时的威力。其实,程开甲和他的战友在研制"两弹一星"的伟大事业中,培养和发扬的崇高的革命精神,也可以用这句话来形容:"两弹一星"精神"比一千个太阳还亮"!他们拥有热爱祖国的赤子精神,无私奉献的献身精神,自力更生的拼搏精神,艰苦奋斗的创业精神,大力协同的合作精神，勇于登攀的创新精神。

一九八四年，程开甲已经六十六岁了，组织上把他从戈壁滩调到了北京，任命为国防科学技术工业委员会科学技术委员会常任委员。职责变化，他的科研方向也发生了变化。一方面，他在抗辐射加固和高功率微波领域努力；另一方面，他为材料科学的发展提出了新的研究思想与方法。程开甲说："我只是希望我的建议、我的研究，能对我国的武器装备发展起到作用。"

忙，满脑子除了工作还是工作，任何时候都在考虑问题。这是程开甲留给家人最深刻的印象。女儿程漱玉回忆，父亲要么在外忙碌，要么在家里的书房里思考、研究，母亲常提醒家人："小点声，别吵着爸爸。"只要程开甲在家，家里总是静悄悄的，还不懂事的小外孙也会悄悄的，连他也知道外公的书房不能进。

程开甲没日没夜地思考和计算，满脑子装的都是公式和数据。夫人高耀珊把他照顾得无微不至，决不让他分心。家里的日常生活，照顾子女的重担，全落到了她的肩上。核试验基地司令员张蕴钰曾经对记者说:"你们要写程开甲,就一定要写他的夫人,没有高耀珊就没有程开甲。"程开甲不止一次表达对夫人的歉意:"我所做出的成绩,都有耀珊的一半功劳,而我却没能为她做什么。"他们夫妻,一个是了不起的博士,一个只有初中文化,有人说这样的文化差距很难相处,但他们一辈子不离不弃,因为他们的信念一致。程开甲为国家拼搏,家人全力支持。程开甲这样做了一辈子,夫人高耀珊这样跟随了他一辈子。

中国"核司令"程开甲是真正的老寿星,活了一百零一岁!

传说,古时候的彭祖活了八百多岁,那仅是传说而已。古代的术士向往延年益寿,躲进深山,修道炼丹,后来纷纷失联,据说是"做神仙"去了。皇帝们更是渴望活到万万岁,却短命者居多。其实,人生的价值不在于生命长短,而在于意义,当一个人把自己的一切献给祖国和人民的时候,他的人生就会"比一千个太阳还亮"。程开甲的一生,既有生命的长度,又绽放出人生的异彩。

真正的科学家不计名利,但是,祖国和人民不会忘记他。

一九九九年九月十八日，新中国成立五十周年前夕，中共中央、国务院、中央军委隆重为研制"两弹一星"做出突出贡献的科技专家举行表彰大会，程开甲被授予"两弹一星功勋奖章"。

二〇一四年一月十日，中共中央、国务院隆重召开国家科学技术奖励大会，程开甲获得二〇一三年度国家最高科学技术奖。

二〇一七年七月二十八日，中国人民解放军建军九十周年前夕，中央军委首次举行颁授"八一勋章"仪式，程开甲荣获"八一勋章"。

二〇一八年十二月十八日，在庆祝改革开放四十周年大会上，公布了获得"改革先锋"称号人员名单，程开甲名列其中。

然而，这一次，他没能到场。一个月前，他永远离开了我们。

二〇一九年九月十七日，新中国成立七十周年前夕，程开甲被追授"人民科学家"国家荣誉称号。

程开甲是中国科学院院士，研究成果荣获国家科技进步奖特等奖、国家最高科学技术奖、全国科学大会奖、何梁何利基金科学与技术进步奖等多个奖项。

一位科学工作者能获得这么多的国家荣誉，这是中国科学史上的传奇。程开甲半生埋名，为国铸盾，用他光辉的人生足迹创造了这个传奇……

一颗小种子

"一颗小种子,长在你心里。生了根,发了芽,风霜雨雪也不怕。好好学习,天天向上,小小的种子,已经悄悄长大。观音弄,秀州城,马兰千万里,中国梦,民族魂,生命化传奇。啊,小小的种子,壮丽了山河美丽了你……"

二〇二一年十月十六日,中国第一颗原子弹成功爆炸的纪念日,程开甲小学的孩子们用悦耳的童声唱起了刚刚谱写的校歌《一颗小种子》。

程开甲小学就是当年的观音弄小学——程开甲的母校。那时候,在观音弄,程开甲在心里种下了一颗理想的种子。他走出观音弄,到秀州中学,到浙江大学、南京大学,到新疆马兰,小小的种子慢慢长大，他用自己的一生，书写了一个核试验人"干惊天动地事，做隐姓埋名人"的传奇。作为程开甲小学学子，这里的孩子们永远记得"爱国、奉献、拼搏、创新"的校训，他们也要像小种子一样，努力向上，向上，再向上。

程开甲百岁生日前夕，程开甲小学的薛校长带领六名少先队员开展了一次"开甲之旅"寻访活动。他们从江苏省盛泽镇出发，走访了程开甲爷爷求学和工作过的地方，最后由新疆马兰基地来到首都北京，向敬仰已久的"核司令"祝贺生日。

看到家乡的孩子们，程开甲笑容满面，双手微微颤抖，身边的医生一个劲儿提醒他控制情绪。薛校长给老先生送上了家乡的丝绸、盛泽的老照片，孩子们带来了手绘的贺卡和亲手制作的布娃娃作为生日礼物，老先生爱不释手。他兴致勃勃，为客人们弹奏了两首钢琴曲，《友谊天长地久》和《新年好》，那欢快的节奏出自一位百岁老人之手，所有人都情不自禁地鼓起掌来。

老先生勉励孩子们好好学习。他说："实践很重要，实践是检验真理的唯一标准，我们的工作是通过实践来完成的。要勤劳，努力做实践工作，知识是从实践中来的，离开了实践，空想是没有用的，要回到实践当中去解决问题。"

回顾一生，他感慨地说："我遇到过很多人，我的小学、中学、大学的老师们，我的同事和战友，他们都是那么真诚。由于真诚相待，我们都成了好朋友。正是有了这样的好朋友，我才闯过了一些难关。在学术研究中，我和朋友有许多永远讨论不完的话题，我们在科学上互相支持，互相帮助，大家都得益匪浅。"

这是经验之谈，在实践中求真知，真诚待人，勤奋努力，就没有实现不了的梦想。

程开甲晚年的自述，更是这位可敬的科学家的真情表白——

常有人问我对自身价值和追求的看法，我说"我的目标是一切为了祖国的需要"，"人生的价值在于贡献是我的信念"。正因为这样的信念，我才能将精力全部用在我从事的科学研究事业上。说实在的，我满脑子自始至终也只容得下科研工作和试验任务，其他方面我就很难得搞明白。一次，有人对我说"你当过官"，我说"我从没认为我当过什么官"，我从来就认为我只是一个做研究的人。

我以为我们每个人都有自己的追求，作为中国人，追求的目标，应该符合祖国的需要。当年，我从英国回来，想的就是祖国的需要，就是我怎样为祖国出力，怎样报效祖国……回国后，我一次又一次地改变我的工作，我一再从零开始创业，但我一直很愉快，因为这是祖国的需要……我以为，实现目标就是做贡献，人也只有做出贡献才能体现存在的价值……

二〇一八年十一月十七日上午，程开甲在北京病逝。

家乡盛泽镇的红梨湖畔，气氛凝重，程开甲小学的师生举行了悼念仪式。孩子们手持菊花，排成整齐的队伍，在程开甲雕塑前鞠躬致敬，缅怀开甲爷爷。他们用稚嫩响亮的声音向开甲爷爷宣誓："愿以吾辈之青春，捍卫盛世之中华！"一个个精美的小花篮是他们亲手制作的，融入了孩子们对开甲爷爷最真诚的怀念。一张张朴素的小卡片是他们亲笔写下的,诉说着孩子们对开甲爷爷最深挚的敬意。

故事常留耳畔,精神铭记心间。一个国家,一个民族,总有些不能忘却的记忆,不能忘却的人。程开甲就是这样一个人。他为我们国家和民族做出的杰出贡献,他崇高的爱国情怀和科学精神,将永远被后人牢记。

你们听,孩子们的歌声多么动听——

"一颗小种子,长在我心里。生了根,发了芽,春夏秋冬心中花。好好学习,天天向上,小小的种子,已经慢慢长大。观音弄,红梨湖,胸怀千万里,中国梦,民族魂,未来话传奇。啊,小小的种子,灿烂了岁月长成了你。"